はじめて楽しむ万葉集

上野 誠

角川文庫
17608

はじめて楽しむ万葉集
——
目次

序にかえて――みんなの万葉集宣言！　15

第一章　我こそは告らめ家をも名をも――　19

一　春を告げる　20
籠もよ　み籠持ち
ふくしもよ　みぶくし持ち……
二　ただ風が吹いているだけ　23
采女の袖吹き返す明日香風
京を遠みいたづらに吹く
三　うつろい　25
春過ぎて夏来るらし
白たへの衣干したり天の香具山
四　天から降る山　27
大和には　群山あれど
とりよろふ　天の香具山……
五　遠き都　31
飛ぶ鳥の明日香の里を置きて去なば
君があたりは見えずかもあらむ
六　都へ、愛しき人へ　33
あをによし奈良の大路は行き良けど
この山道は行き悪しかりけり
七　柳の、眉　35
春の日に萌れる柳を取り持ちて
見れば都の大路し思ほゆ

第二章　西の市にただひとり出でて

一　恋人にはしたけれど　40

西の市にただひとり出でて
目並べず買ひてし絹の商じこりかも

二　きれいに去る　42

憶良らは今は罷らむ子泣くらむ
それその母も我を待つらむぞ

三　心は哀しき　44

験なき物を思はずは
一坏の濁れる酒を飲むべくあるらし

四　わたしのかわいい人　46

我が背子が着る衣薄し
佐保風はいたくな吹きそ家に至るまで

五　萩より、すすき　49

人皆は萩を秋と言ふ
よし我は尾花が末を秋とは言はむ

六　恋人のために……　51

住吉の小田を刈らす児奴かもなき
奴あれど妹がみためと私田刈る

七　妻を恋うる声　53

夕されば小倉の山に伏す鹿し
今夜は鳴かず寝ねにけらしも

八　別れの朝に　56

朝戸出の君が足結を濡らす露原
早く起き出でつつ我も裳の裾濡らさな

九　眠れぬ夜に　59

皆人を寝よとの鐘は打つなれど
君をし思へば寝ねかてぬかも

第三章　君待つと我が恋ひ居れば

一　天の大海原をただよう月の舟　62
天の海に雲の波立ち月の舟
星の林に漕ぎ隠る見ゆ
二　涙と霧　64
君が行く海辺の宿に霧立たば
我が立ち嘆く息と知りませ
三　恋の噂　66
道の辺のいちしの花のいちしろく
人皆知りぬ我が恋妻は
四　待つ女　69
君待つと我が恋ひ居れば
我が屋戸の簾動かし秋の風吹く
五　水鏡に現れる面影　72
我が妻はいたく恋ひらし
飲む水に影さへ見えてよに忘られず
六　旅の楽しみ　74
音に聞き目にはいまだ見ぬ吉野川
六田の淀を今日見つるかも
七　艶と芳醇の恋歌　77
遠妻と手枕交へて寝たる夜は
鶏がねな鳴き明けば明けぬとも
八　痩軀を笑う　79
石麻呂に我物申す
夏痩せに良しといふものぞ鰻捕り喫せ

第四章　心の中に恋ふるこのころ

一　宝石と純情　84
信濃なる千曲の川の小石も
君し踏みてば玉と拾はむ
二　いのちを讃える　86
生ける者遂にも死ぬるものにあれば
この世にある間は楽しくをあらな
三　子を思う　89
銀も金も玉もなにせむに
優れる宝子に及かめやも
四　恋人は、衣　91
我妹子は衣にあらなむ
秋風の寒きこのころ下に着ましを
五　鯛が食べたい！　93
醬酢に蒜搗き合てて鯛願ふ
我にな見えそ水葱の羹
六　眉を掻くとあなたに逢える　95
月立ちてただ三日月の眉根掻き
日長く恋ひし君に逢へるかも
七　わたしの花　97
我がやどに植ゑ生ほしたる秋萩を
誰か標刺す我に知らえず
八　ホ、ホホ、ホノホ　100
石上布留の早稲田の穂には出でず
心の中に恋ふるこのころ

第五章　朝影に我が身は成りぬ

一　静かに……　104
黙もあらむ時も鳴かなむひぐらしの
物思ふ時に鳴きつつもとな
二　恋は神代の昔から　106
朝影に我が身は成りぬ韓衣
裾のあはずて久しくなれば
三　大伴家持のラブレター　108
我が恋は千引きの石を七ばかり
首に掛けむも神のまにまに
四　雨なので……　110
笠なみと人には言ひて
雨つつみ留まりし君が姿し思ほゆ
五　誘ってきたのは　112
言出しは誰が言なるか
小山田の苗代水の中淀にして
六　万葉の青春　115
誰ぞこの我がやどに来呼ぶ
たらちねの母にころはえ物思ふ我を
七　チクリと、刺す　117
春雨に衣はいたく通らめや
七日し降らば七日来じとや
八　思いは伝わる　120
今日なれば鼻の鼻ひし眉かゆみ
思ひしことは君にしありけり

第六章　萌え出づる春になりにけるかも

一　春が、来る　124

石走る垂水の上のさわらびの
萌え出づる春になりにけるかも

二　船出を寿ぐ　126

熟田津に船乗りせむと月待てば
潮もかなひぬ今は漕ぎ出でな

三　恋いしのぶ　128

色に出でて恋ひば人見て知りぬべし
心の中の隠り妻はも

四　人生の「時」を歌う　130

冬過ぎて春し来れば年月は
新たなれども人は古り行く

五　古きも、良し　132

物皆は新しき良しただしくも
人は古り行く宜しかるべし

六　美酒と梅と、良き友と　135

酒坏に梅の花浮かべ
思ふどち飲みての後は散りぬともよし

七　遠き都を讃える　137

あをによし奈良の都は
咲く花の薫ふがごとく今盛りなり

八　ただ、真っ直ぐに　140

かにかくに物は思はじ
飛驒人の打つ墨縄のただ一道に

九　若菜摘み　143

春日野に煙立つ見ゆ
娘子らし春野のうはぎ摘みて煮らしも

第七章　過ぐせど過ぎずなほ恋ひにけり

一　桜の枝を折ったのは……　148
この花の一よの内に
百種の言ぞ隠れる凡ろかにすな

二　恋は、ひとつ　151
忘るやと物語りして
心遣り過ぐせど過ぎずなほ恋ひにけり

三　淡い恋心　153
降る雪の空に消ぬべく恋ふれども
逢ふよしなしに月ぞ経にける

四　愁いの雪　155
大口の真神の原に降る雪は
いたくな降りそ家もあらなくに

五　歌で、遊ぶ　157
我が里に大雪降れり
大原の古りにし里に降らまくは後

六　恋の小道具　160
人の見る上は結びて
人の見ぬ下紐開けて恋ふる日ぞ多き

七　記憶《メモワール》　162
よしゑやし恋ひじとすれど
秋風の寒く吹く夜は君をしぞ思ふ

八　あなたの心のままに　164
かにかくに物は思はじ
朝露の我が身一つは君がまにまに

第八章　満ち盛りたる秋の香の良さ

一　秋の香　168
高松のこの峰も狭に笠立てて
満ち盛りたる秋の香の良さ
二　季節の色　170
春は萌え夏は緑に
紅の斑に見ゆる秋の山かも
三　時が止まる時　173
物思ふと隠らひ居りて
今日見れば春日の山は色付きにけり
四　は、か、ど、る、恋　175
秋の田の穂田の刈りばかか寄り合はば
そこもか人の我を言なさむ
五　秋の花見　178
秋風は涼しくなりぬ
馬並めていざ野に行かな萩の花見に
六　敷物が傷むまで　180
独り寝と薦朽ちめやも
綾席緒になるまでに君をし待たむ
七　もう噂など……　182
人言は夏野の草の繁くとも
妹と我とし携はり寝ば
八　鳴門の乙女　184
これやこの名に負ふ鳴門の渦潮に
玉藻刈るとふ海人娘子ども

第九章　我が父母は忘れせぬかも

一　夜も昼もいとしき人よ　188

筑波嶺のさ百合の花の夜床にも
かなしけ妹ぞ昼もかなしけ

二　共寝の朝に　190

白たへの君が下紐
我さへに今日結びてな逢はむ日のため

三　触れず、思う　192

あからひく肌も触れずて寝たれども
心を異には我が思はなくに

四　炎と恋と　194

冬ごもり春の大野を焼く人は
焼き足らねかも我が心焼く

五　「恋い死ぬ」　196

思ひにし死するものにあらませば
千度ぞ我は死に反らまし

六　心変わり　198

やどにある桜の花は今もかも
松風速み地に散るらむ

七　清新の、いのち　202

命を幸く良けむと
石走る垂水の水をむすびて飲みつ

八　父母を憶《おも》う　204

忘らむて野行き山行き我来れど
我が父母は忘れせぬかも

第十章　奥山のあしびの花の今盛りなり——207

一　雪に願いを　208
我が背子が言愛しみ
出でて行かば裳引き著けむ雪な降りそね
二　待つ、眼　210
我が背子を今か今かと出で見れば
沫雪降れり庭もほどろに
三　心のわだかまりを……　212
君により言の繁きを
故郷の明日香の川にみそぎしに行く
四　千年の逢瀬　214
日並べば人知りぬべし
今日の日は千年のごともありこせぬかも
五　酒杯に月を浮かべて　216
春日なる三笠の山に月の舟出づ
みやびをの飲む酒坏に影に見えつつ
六　真珠の、葛藤　219
白玉は人に知らえず知らずともよし
知らずとも我し知れらば知らずともよし
七　密かに　223
我が背子に我が恋ふらくは
奥山のあしびの花の今盛りなり
八　「吉事!」　225
新しき年の初めの
初春の今日降る雪のいやしけ吉事

あとがき——229

序にかえて——みんなの万葉集宣言！

一、考えるより、親しもう。学ぶより遊べが、この本の正しい読み方です。
一、この本はどこから読んでもよい。開いたページがはじまりです。
一、とにかく堅苦しいことは抜き。必要なのは好奇心だけです。

『万葉集』は、約四五〇〇首を収載する和歌集です。二十巻からなるこの書物をひもとくと、七世紀と八世紀を生きた人びとの肉声が聞こえてきます。本書はそういう万葉びとの声をただ虚心に聞くことを目的として執筆しました。歌は読みやすいように句切り、ルビをつけました。是非声に出してみてください。

名門貴族としてのプライドと、たぐいまれな蒐集癖をもった大伴家持《おほとものやかもち》が奈良時代の後半に編纂した和歌集ですが……。現在の研究では、その家持も編纂者の一人であったと考えられています。ならば、彼以外の編纂者とは誰か？　それは議論百出、今も謎です。

近代の学校教育は、万葉歌を芸術として、教えてきました。ですから、テストで『万葉集』の特色を述べなさいと聞かれると「雄大な歌が多く……」「素朴で男性的な美意識によって……」と書くとよい点がもらえました。しかし、本書を読むとそれが真赤な嘘だということがわかります。このような見方は、近代の国文学者が勝手に考えた万葉観です。

それは、林檎は赤くて、甘いと教えるのと同じです。赤い林檎もありますが、青い林檎もあります。甘い林檎もありますが、酸っぱい林檎もあります。わたしたち一人一人の眼前にあるのは、一つ一つ違った林檎なのです。大切なのはそれをどう味わうか、それをどう自分の言葉で表現するかです。自分の眼で見て、触れてみて、味わってみて、はじめて林檎というものが何かわかるのです。

ですから、本書では読者の一人一人が、実際に歌を味わってもらうように工夫しました。まず、万葉仮名で書かれた原文を漢字仮名混じり文で読み下したものをあげることにします。読み下し文は、小島憲之・木下正俊・東野治之『新編日本古典文学全集　万葉集①②③④』(小学館、一九九四~九六年)に準拠しましたが、一部変えているところがあります。読み下し文の最後に巻の番号と、国歌大観番号を記してあります。国歌大観番号とは、歌に付けられた番号のことで、野球選手の背番号のようなものと思ってください。

次に語句の説明を簡単に行っています。それから、その歌の世界を筆者なりに解説しています。時には物語にして、時には様々なエピソードによって。なかには、わたしの個人的な体験談も含まれています。このあたりが、普通の入門書と違うところで『万葉集』を題材としたエッセイとして、本書を読むこともできます。

最後に現代語訳を掲げましたが、これはそれまでの話の「すじ」を踏まえて、新たに訳したものです。訳というより、翻案に近いものかも知れません。通勤の電車やバスのなかで聞こえてくる会話の言葉を参考として訳してみました。

最初の第一章は、『万葉集』巻一の巻頭歌を取りあげたり、いくつかの歌で万葉時代の都の変遷を辿ることができるように編集しました。しかし、あとはアトランダムに歌が並べてあります。さながら、熱帯雨林のように。ちなみに、万葉時代の都は、大まかにいえば飛鳥（明日香）→藤原→奈良（寧楽）へと遷ってゆきます。

飛鳥……五九二年―六九四年
藤原……六九四年―七一〇年
奈良……七一〇年―七八四年

準備体操は、以上でおしまい。さあ、出発です。あなたは、本書を通じ万葉のことばの森を楽しめるはずです。

第一章　我こそは告らめ家をも名をも

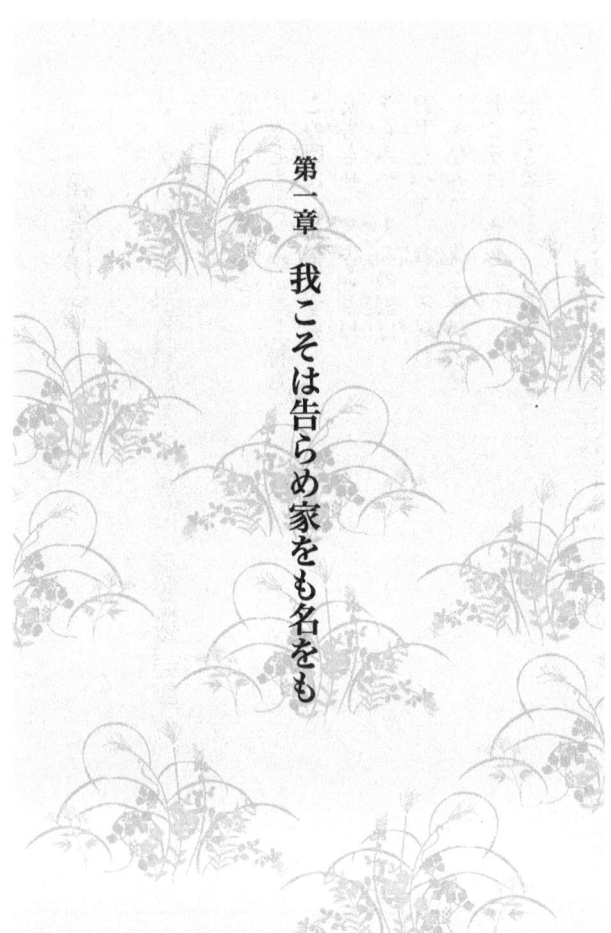

一　春を告げる

泊瀬《はつせ》の朝倉《あさくら》の宮《みや》に天《あめ》の下治《したをさ》めたまひし天皇《てんわう》の代《みよ》［大泊瀬《おほはつせ》稚武《わかたけるの》天皇《てんわう》］
天皇《てんわう》の御製歌《おほみうた》

籠《こ》もよ　み籠《こ》持《も》ち
ふくしもよ　みぶくし持《も》ち
この岡《をか》に　菜《な》摘《つ》ます児《こ》
家《いへ》告《の》らせ　名《な》告《の》らさね
そらみつ　大和《やまと》の国《くに》は
おしなべて　我《われ》こそ居《を》れ
しきなべて　我《われ》こそいませ
我《われ》こそは　告《の》らめ
家《いへ》をも名《な》をも　（雄略天皇　巻一の一）

『万葉集』は、稚武天皇、つまり雄略天皇《ゆうりやくてんのう》自らが作った歌からはじまる。『万葉集』は、全四千五百十六首、二十巻からなる書物。その一番はじめの歌が、雄略天皇の御製歌なのである。雄略天皇の即位は、時に四五六年のことだが、『万葉集』ができた八世紀の人びとは、「この天皇の時代に、日本の国土は統一された」と考えていたのであった。雄略天皇は国土を統一した英雄だったのである。そして、多くの女性を愛し、多くの女性から愛された天皇と、大和朝廷では伝えられていた。すなわち八世紀の人びとは、雄略天皇のことを力強く魅力的な天皇だと考えていたのであった。

この天皇の歌を、『万葉集』の一番はじめに据えたのには重要な意味がある。ある意味では、「『万葉集』とは立派な書物なんだぞ」と権威づけるためなのである。

雄略天皇は、泊瀬の朝倉、すなわち現在の奈良県桜井市に宮を定めた。近鉄の大和朝倉駅で下りて散策すると、この歌の世界が広がっている。この場所のどこに宮殿があったのか、想像しながら、歩いてみたいものだ。

「籠」は「カゴ」、「ふくし」は「若菜を摘むへら」のことである。天皇はある春の日、若菜摘みをする「をとめ」たちに、声をかけるのであった。

さて、古代においては、女性が自らの名前を明かすことは、結婚を承諾する行為とみなされていた。したがって、女性は、結婚をしようと思う男性以外には決して名前を教えないのである。それは、うっかり名前を洩らしてしまったら、「あなたと結婚します」ということになってしまうからである。だから、「をとめ」たちはけっして答えない。そこで、天皇は力強く、自分が大和を治めている王者であると宣言する。
おそらくこのプロポーズは、大和に春を告げる年中行事であったと考えられる。そして、そこでは天皇が「わたしこそ大和の王だ」と宣言することにこそ、重要な意味があったのであろう。したがって、求婚は春を迎える儀式として行われている、と考えるのがよい。つまり、天皇の求婚はお米がたくさん採れますように、作物がたくさん採れますようにと祈る、一種の農耕儀礼だったのである。春、これから畑を耕し、そして稲を植えていくという時に、天皇がそこで働くであろう「をとめ」たちに結婚を申し込むという形で、お祭りが進んでいく。この歌は、そのような様々な想いが込められた歌なのである。

いやあ、良い籠《かご》を持ってらっしゃるし、
良いへらを持ってらっしゃいますね。
この岡で若菜を摘んでいらっしゃるお嬢さんがた、
家をおっしゃい、名前をおっしゃいな。
この大和の国は……
皆、わたしが君臨している国。
隅々までわたしが治めている国なのですゾ。
ならば、わたしから名乗りましょう。

家も名前も。

二　ただ風が吹いているだけ

明日香宮《あすかのみや》より藤原宮《ふぢはらのみや》に遷《うつ》居りし後《のち》に、志貴皇子《しきのみこ》の作《つく》らす歌《うた》

采女《うねめ》の
袖《そでふ》吹き返《かへ》す
明日香風《あすかかぜ》
京《みやこ》を遠《とほ》み
いたづらに吹《ふ》く　（志貴皇子　巻一の五一）

これは明日香宮から藤原宮に都が遷った後で志貴皇子が作った歌である。

采女というのは、全国から集められた地方豪族出身の女性たちのこと。天皇のそばに仕え、さまざまな仕事をしていた。

はしだのりひことシューベルツの『風』の歌詞に「そこにはただ風が吹いているだけ」

とあるが、まさに志貴皇子も「そこにはただ風が吹いているだけ、昔は都だったんですが……」と歌っているのである。

甘樫丘《あまかしのおか》には、この歌の歌碑があり、東南の眼下には明日香を望むことができる。さらに北に眼を転じると天の香具山。左のほうには藤原宮の跡が広がっているのが望める。

この歌に思いをはせるには、たとえば、廃校になってしまった校舎や、今は使われなくなってしまった船を思い浮かべるとよい。「ああ、自分はここで昔遊んだんだけどな」というふうに。

それと同じように、「ああ、昔はここに都があったんだけどな」という作者の感傷の気持ちが伝わってくる歌である。そのような印象を胸に、この歌を口ずさみながら、明日香を歩いて欲しいものである。

采女たちの
袖を吹き返していた
明日香風は、
都が遠のいてしまったので……
今はむなしく吹いている。

三　うつろい

天皇《てんわう》の御製歌《おほみうた》

春過《はるす》ぎて
夏来《なつき》たるらし
白《しろ》たへの
衣干《ころもほ》したり
天《あめ》の香具山《かぐやま》
（持統天皇　巻一の二八）

この「らし」というのは、非常に強い言い方で、推量ではなく根拠のある推定を示す助動詞である。示されるその根拠は、「白たへの衣が干してあるから」ということになる。

この歌を作った持統《じとう》天皇は明日香での生活も体験し、藤原での生活も体験している。そして、何よりも都を明日香から藤原へ遷したのが、持統天皇なのである。

ただし、この歌の香具山が明日香からはるか望んだ香具山か、藤原から東に見える香具山を見て歌った歌か、説は分かれるところである。

「ああ、夏がやって来た」という、この歌の感動は、どこから来るのであろうか。それは、毎年行われる夏の行事の時には、必ず香具山に白い衣が干されていたからではないだろうか。

現在のコマーシャルにたとえてみよう。冬場には肉まんのコマーシャルがあり、それが夏が近づくとアイスキャンディーのコマーシャルとなる。アイスキャンディーのCMを見ると、「ああ、夏だなあ」と我々は思う。あるいは、ショーウィンドウに水着が飾られると、「あ、もう夏がやって来たな」というふうに思う。つまり、人びとは生活の中で、季節の「うつろい」を発見するのである。驚きの心をもって。

この歌の衣は、毎年毎年繰り返される、なんらかのお祭りで使われた衣だろう。それが、神聖な香具山に干されるのだと思う。そして香具山に衣を干すことも、年中行事の一つの儀式だったのであろう。そういったことを考えながら、香具山をいろんな場所から見て欲しいと思う。

六九四年に遷った藤原の都は、大和三山のちょうど真ん中に位置する。東の香具山、北の耳成山、西の畝傍山、この大和三山に囲まれた場所に、藤原宮はできた。

この大和三山は、万葉の時代、この明日香で生きた人びと、藤原で生きた人びとにとって、大切な山だったのである。この三山が互いの妻を争ったという三角関係の伝説もあったくらいである。

そして、この大和三山の中でも、最も万葉びとが心を寄せたのが、天の香具山であった。その香具山を見ながら、「春だと思っていたら、ああ、夏がやって来た」と、万葉時代の人びとは夏の到来を実感したわけである。

春が過ぎて、
夏がやって来たらしい――
真っ白な衣が干してある、
あの天の香具山には。

四　天から降る山

天皇《てんわう》、香具山《かぐやま》に登《のぼ》りて国見《くにみ》したまふ時《とき》の御製歌《おほみうた》

大和《やまと》には　群山《むらやま》あれど
とりよろふ　天《あめ》の香具山《かぐやま》
登《のぼ》り立《た》ち　国見《くにみ》をすれば

国原《くにはら》は　煙《けぶり》立《た》ち立《た》つ
海原《うなはら》は　かまめ立《た》ち立《た》つ
うまし国《くに》ぞ
あきづ島《しま》　大和《やまと》の国《くに》は　（舒明天皇　巻一の二）

香具山と言えば、忘れてはならないのがこの舒明《じよめい》天皇の国見歌。舒明天皇が香具山に登って、大和の国を見て歌った歌である。

「とりよろふ」は、解釈が揺れて難しい句だが、多くの人から見られている山、ないしは多くの精霊たちが集まってくる山、というように解釈されている。

舒明天皇自らがこの香具山に登って、国見をすると、国原からは煙が立っている、海原からはカモメが飛び立っている。現在、「うまし」というのは「おいしい」ということで、味覚を表す表現となっているのだが、古代においては「立派だ」とか「素晴らしい」という意味をもっていた。

さて、国原から煙が立ち、海原からカモメが飛び立っているのが、何で豊かな国なのか、立派な国なのか。

煙が立っているということは、多くの人びとの家から炊事をする煙が立っているということで、多くの人たちが、飢えることなく空腹を満たすことができる豊かな国だということを表している。海原にたくさんの鳥が集まって、鳥が飛び立っているということは、恐らくそこにはたくさんの魚がいることを表しているのだろう。そして、それは平和を象徴する景色といえるだろう。

つまり実際の景色を歌っているわけではないのである。「豊かな国ですよ」ということが言いたいわけであるから、やはり心の眼で見たというふうに考えるのが、良い解釈であろう。ここで描かれた景色は、理想の国土なのである。

そうすると、天皇は理想の国土を見るために香具山に登ったということになる。

では、なぜ、香具山なのか。香具山にどうして天皇は登ったのか。

実は、香具山は天から降ってきた山であるという伝承が、この時代にはあったのである。『伊予国風土記《いよのくにふどき》』（逸文）の中に「昔、天から山が降ってきた。その山の片割れは伊予の国にある。もう片割れが香具山である」、つまり香具山は天から降ってきた山であるという伝承があるのである。

実際は大和三山の中で、香具山は二番目に高い。といっても、一五二メートル程度である。こんなに低い山に、「天の《あめ》」と言葉が付いているのも、「天から降ってきた」という言い伝えがあるからである。万葉集の別の歌では、「天降《あも》りつく　天の香具山」という表現がある。「天降りつく」というのは、「天から降ってきた」という意味である。

この藤原宮跡を旅する時には、「耳成山、あ、あれが畝傍山か、あれが香具山か」というように、いろんな場所から大和三山を望んでもらい、さらに、「あ、あれが天から降ってきたと考えられていた天の香具山か。低いけれども、こういう伝承があるから、天の香具山と呼ばれたんだな……」ということを思い出しながら、この天の香具山を眺めて欲しい……とわたしは思う。

大和には
たくさんの山があるけれども、
多くの精霊たちが集まってくる
天の香具山に
天皇自らが登って
国見をすると……、
国原からは煙が立ちのぼり、
海原からは鴎が飛び立っている
この大和の国は立派な国だ——。

五　遠き都

和銅三年庚戌《わどうさんねんかうしゆつ》の春二月《はるにがつ》、藤原宮《ふぢはらのみや》より寧楽宮《ならのみや》に遷《うつ》る時《とき》に、御輿《みこし》を長屋原《ながやのはら》に停《とど》め古郷《ふるさと》を廻望《かへり》みて作《つく》らす歌《うた》〔一書に云はく「太上天皇の御製」〕

飛《と》ぶ鳥《とり》の
明日香《あすか》の里《さと》を
置《お》きて去《い》なば
君《きみ》があたりは
見《み》えずかもあらむ　（元明天皇　巻一の七八）

和銅三年、七一〇年の二月に、藤原宮から寧楽宮（奈良の宮）に遷った時に、御輿を長屋原にとどめて、藤原を見たという歌である。

「長屋原」は、現在の天理市にあり、ちょうど中つ道の中間点にあたる。中つ道とは、香具山から真っ直ぐ北に伸びた道である。恐らくこの真っ直ぐに伸びた道を、元明《げんめい》天皇は輿に乗って平城京に行ったのであろう。そして、その輿をとどめて、はるかに明日香の方を望み、こういう歌を歌ったのである。

この歌には、「いつまでもわたしは明日香を見ていたいんです……」という気持ちがにじみでている。明日香には、自分たちの祖先のお墓も、自分たちの祖先が営んできた都もある。しかし、都を発展させるためには、どうしても奈良盆地の北の方に都を遷す必要があったのである。

「君があたり」については、元明天皇の亡き夫である草壁皇子のお墓ではないかという説、草壁皇子の宮殿である島宮ではないかという説など、さまざまな解釈があるが、どちらにしても、明日香に対する思いが表れているということには、違いない。

「飛ぶ鳥の」は「明日香」にかかる枕詞である。現在、「飛鳥」と書いて「あすか」と読むことができるのは、「飛ぶ鳥のアスカ」という枕詞があまりにも有名になってしまったために、「飛鳥」と書いても、「あすか」と読むことが可能になったからである。これは「春日（はるひ）のカスガ」と呼んでいるうちに、「春日」と書いても「かすが」と読めるようになったのと、同じである。

藤原に都が遷って十六年後の七一〇年には平城京に都が遷る。明日香と藤原は隣接しており、一帯の地域と考えてよい。しかし、はるか離れた奈良盆地の北の端にあたる平城京に都が遷るとなれば、当時の人びとは、「いやあ、遠いところに都が遷るもんだなあ」と思ったはずである。その時に、当時の人びとはどういう思いで、都が遷る歌を歌ったか。

その一端をわたしたちは、この歌から読み取ることができる。

飛ぶ鳥の
明日香のこのふるさとを
置いていったなら……
捨てていったなら……
あなたのあたりは、
見えなくなるでしょうか——。

六　都へ、愛しき人へ

中臣朝臣宅守《なかとみのあそみやかもり》と狭野弟上娘子《さののおとがみをとめ》が贈答《ぞうたふ》せる歌《うた》（のうち中臣宅守の一首）

あをによし
奈良《なら》の大路《おほち》は
行《ゆ》き良《よ》けど

この山道《やまみち》は
行《ゆ》き悪《あ》しかりけり　（中臣宅守　巻十五の三七二八）

平城京に住んでいる人たちは、じょじょにではあるが、自分たちの街に対する誇りを持つに至った。もし、平城京の人たちに、「この平城京に住んでいるあなたたちにとって、一番の誇りはなんですか」と聞けば、「広い道」と答えたであろう。街路樹の植えられた直線道路で造られた平城京。そこには、十万人の人びとが住み、その道路は普通の大路でも二四メートル、朱雀大路にいたっては、道幅七〇メートルもあった。

奈良に来たら、まず、必ず朱雀門に立って欲しい。朱雀門の素晴らしさを堪能し、そこから南を望み、朱雀大路を見て欲しい。「いや、こんなに大きな道ができていたのか、これが都大路なのか、ああ、都大路には街路樹として柳が植えられているな」と、実感してもらいたいのである。

朱雀大路の眺めは、平城京に住んでいた人たちにとっては、大変な誇りであった。平城京に住んでいた人が、もし今ここにやって来たら、こういうふうに言うとわたしは思う。奈良時代の人に成り代わって、ちょっと言ってみよう。「大極殿は国会議事堂にあたる。朝堂院は霞が関の官庁街にあたるだろう。朱雀門は皇居前広場だ。佐紀《さき》・佐保《さほ》は高級住宅地。春日野は休日を楽しむ行楽地。男と女が出会う歌垣《うたがき》の場は、大阪難波の引っかけ橋かもしれない。そして古い都であった明日香は、永遠の故郷だよ」と。

そういった気持ちが表れている歌がある。熱烈な恋歌で知られる巻十五の中臣朝臣宅守と狭野弟上娘子の贈答歌である。罪を得た中臣宅守は越前、現在の福井県に流された。時に天平十年前後、七三八年前後といわれている。彼はその流された越前において、どのようなことを思い、それを彼女にどのように伝えたか。彼は、都にこう書き送ったのである。

あをによし
奈良の都は、
歩きやすいけれども……
この山道は歩きづらいもんだなあ――。

七　柳の、眉

春《はる》の日《ひ》に

二日《ふつか》に、柳黛《りうたい》を攀《よ》ぢて京師《みやこ》を思《おも》ふ歌一首《うたいつしゆ》

萌《は》れる柳《やなぎ》を
取《と》り持《も》ちて
見《み》れば都《みやこ》の
大路《おほぢ》し思《おも》ほゆ　（大伴家持　巻十九の四一四二）

「萌れる」は「芽吹いた」ということ。三月二日の日に「柳黛」、すなわち柳のことだが、柳を手に持って都のことを大伴家持《おほとものやかもち》は思い出したのである。都の街路樹として柳が植えられていたので、柳を見ると、「ああ、都の道はこうだったなあ」と思い出したのである。それが表の意味である。

　もう一つ裏の意味がある。当時流行した化粧に、描き眉があった。細く細く描くのが流行りだったようだ。都の美女たちは、皆、細い眉毛を描いていたのだろう。それを「柳の眉」というのである。恐らく、都大路のことを思い出すと同時に、家持は都の美女たちのことを思い出したのではないだろうか。

時に天平勝宝《てんぴょうしょうほう》二年、七五〇年の春三月、家持が越中国、現在の富山県に赴任して四度目の春が過ぎようとしていた。

『万葉集』は、その時代に生きた人びとの「思い」を伝えている歌集なのである。明日香に生きた人びと、藤原に生きた人びと、そして平城京に生きた人びとが、その土地に対してどういう思いを持っていたか、ということを伝える歌集なのである。
万葉の旅をする人は、その土地土地で、「ああ、こういう思いで歌を詠んだんだなあ」と、その場所に立って、口ずさんで欲しいのである。

芽吹いた柳を手に取って見ると、
都大路のことが思い出される――
そういえば、都の街路樹は柳だったなあ。
ああ、柳といえば、
女の人たちは
こういう細い眉毛を描いていたな……。

第二章　西の市にただひとり出でて

一　恋人にはしたけれど

西《にし》の市《いち》に
ただひとり出《い》でて
目並《めなら》べず
買《か》ひてし絹《きぬ》の
商《あき》じこりかも　（作者未詳　巻七の一二六四）

平城京には、「西の市」「東の市」の市場があった。市場といっても、公設市場である。そこに一人で行って、絹を買った人の歌である。絹といえば、高級品。今でいうなら、車や家を買うほどの買物であろう。慎重になるのは当たり前である。ところが、この人はよく見比べずに、絹を買ってしまったようなのである。「商じこりかも」は、解釈の難しい句であるが、これは「買いそこない」という意味であろう。

つまり、軽率な行為で「安物買いの銭失い」をしてしまったのである。まず、大切な買物であるにもかかわらず、一人で西の市に行ってしまったこと。第二によく見比べもせず買物をしたこと。この二つが失敗の原因だったようだ。

と、ここまで書いたのは、表の意味。実は裏の意味もあるようだ。市場は、ヒト・モノ・カネの行き交うところ。山の民、海の民、里の民が集う場所であり、そこで恋が芽生えることも多かった。つまり、市はナンパの名所でもあるのである。したがって、古代の市は、歌垣《うたがき》と呼ばれる集団見合いのような行事も行われる場だったのである。勘のいい読者なら、もうおわかりのことだろう。ついナンパして、恋人にしてしまった相手は……見かけ倒しでダメな人だった、ということではなかろうか。

とすれば、軽率な一時の恋を後悔する歌ということになる。それを、市場での買物にたとえているところが、実におもしろい。わたしがおもしろいと感じるのは、今の自分が過去の自分を笑っている点である。その笑いに、屈託はない。

西の市に
たった一人で出かけていって、
見比べもせず
買ってしまった絹は……
買いそこないの銭失い。

二　きれいに去る

山上憶良臣《やまのうえのおくらおみ》、宴《えん》を罷《まか》る歌《うた》一首

憶良《おくら》らは
今《いま》は罷《まか》らむ
子泣《こな》くらむ
それその母《はは》も
我《あ》を待《ま》つらむぞ（山上憶良　巻三の三三七）

宴会を途中で退席するのは、難しい。盛り上がった雰囲気を壊さず、しかも一座の衆に反感を買わずに帰るのが、きれいな帰り方とされる。勢いよく杯を飲み干して帰るもよし、そっと幹事に酒肴料を渡して帰るもよし。さらに難しいのは、座を白けさせずに、存在感を示して帰ることである。それがちゃんとできる人のことを、世の中では「苦労人」と呼ぶ。

山上憶良という人はまさに「苦労人」だった。名門の出身でない彼は、その学識によって地位を得て、出世していった人である。筑紫での宴会の席、憶良はなんらかの理由で、途中退席をしたのであるが、その時に歌ったのがこの歌である。「憶良めは　もうこれでおいとまいたします」とまず一同に歌いかけたのである。そして、次にその理由を述べる。「子供が泣いておりましょうし、その母もわたしの帰りを待っているでしょうから」と。

この歌の表現を額面どおりに受け取ると、これほどカッコ悪い帰り方もないだろう。子供が泣いて、妻も待っていますから……いちばん、野暮な帰り方である。しかし、憶良は時に六十歳を遥かに越えている。つまり、これは一種の笑わせ歌なのである。おそらく、この歌が披露されるやいなや、やんやの喝采が起ったことであろう。

へぇー、憶良さんは若いんだー。乳飲み子抱えているということは……すわ愛人でも！

とはやされたに違いない。それを計算して、嘘を歌って座をなごませて、わたしは失礼という算段なのである。これは、なかなかのパフォーマンスである。

とある学会の帰り、学界を代表する学者たちの宴での出来事。ある老教授が、こう言ったのを思い出す。「世界的な大発見となる論文を執筆中なので、こんなくだらない宴会はこれにておいとまします」と。この時もやんやの喝采だった。

憶良めは
これでおいとまいたしましょう……
子供も泣いておりますし
その母親も
私めを待っておりますので――。

三　心は哀しき

大宰帥《だざいのそち》大伴《おほとも》卿《きやう》、酒《さけ》を讃《ほ》むる歌十三首《うたじゆうさんしゆ》（のうちの第一首）

験《しるし》なき
物《もの》を思《おも》はずは
一坏《ひとつき》の
濁《にご》れる酒《さけ》を
飲《の》むべくあるらし　（大伴旅人　巻三の三三八）

「大宰帥大伴卿」とは、大伴旅人のことである。九州の大宰府に赴任をしていた頃の旅人の作。古来、酒好きの人びとが愛唱してきた名歌である。「験《しるし》なき」とは、役にも立たないということ。そんなことを考えるくらいなら……と旅人は歌い出す。そして、そんなことをするくらいなら一杯の濁った酒を飲むほうがましとうそぶくのである。「濁れる酒」とは、現在の「どぶろく」のようなものを想像すればいい。これに対して「澄み酒」というものもあった。こちらは、酒粕を漉し、さらには酒粕を沈澱させて、うわずみだけをすくいとった酒である。

地方赴任をしている役人の心は複雑である。俺の帰任はいったい何時になるのか。その間に、他のヤツが出世しないか。残してきた家族はどうしているか。家はどうなっているだろうか。そういった不安が渦巻くはずである。もちろん、旅人の心のなかにあった不安が一つだったのか、複数だったのか、それが具体的にはどのようなものであったのか、知る由もない。ただ、旅人は、悩んでもせんないことに、悩むのは無駄だ、悩むくらいなら……と吐き捨て、それなら酒を飲むほうがましだ、と歌ったのであった。

官僚やサラリーマン社会は、減点主義。ミスをすると出世に響く。ミスをした時に、同僚は安酒場でこう慰める。

くよくよするな。考えてもしょうがないじゃないか。それより、まあ飲めよ。

けっしてそんな言葉で気は休まらないのだが、慰めてくれる人の温情や友情を感じて人は、酒を飲むのである。

旅人の心のなかには、二つの人格が併存していたのではないか。一人は思い悩む旅人。もう一人は、それを慰める旅人である。旅人は自分で自分を慰めているのである。

悩んでもしょうがない
ことを思うより……、
一杯の
濁った酒を
飲むほうがまし！

四　わたしのかわいい人

大伴坂上郎女《おほとものさかのうへのいらつめ》、姪家持《をひやかもち》の佐保《さほ》より西《にし》の宅《いへ》に還帰《かへ》るに与《あた》ふる歌《うた》一首

我《わ》が背子《せこ》が

着《け》る衣《きぬ》薄《うす》し
佐保風《さほかぜ》は
いたくな吹《ふ》きそ
家《いへ》に至《いた》るまで　（大伴坂上郎女　巻六の九七九）

大伴坂上郎女は、大伴旅人の異母妹にあたる。したがって、旅人の子である大伴家持から見れば、叔母ということになる。旅人亡き後、大伴氏の中心的存在となっていた。誤解を恐れずにいえば、家持の親代わりであったろう。その叔母の家を、甥の家持が訪ねたのである。帰り際に、甥・家持に与えた歌が、この歌である。

「我が背子」とは、大伴坂上郎女が家持に呼びかけていった言葉である。一般には、「我が背子」といえば、「わたしの夫」とか「わたしの恋人」ということになるが、あえてユーモラスに表現したのであろう。その「我が背子」が着ている衣は薄い、だから風よひどく吹かないでおくれ……家に帰るまでは、と歌っているのである。

さて、「佐保風」とは、佐保に吹く風という意味である。佐保は、平城京の北に広がる地のうち、その東側の地。対して、西側に広がるのが左紀《さき》の地である。この佐保の地に大伴氏の邸宅があったのであった。したがって、「佐保風」とは、家を出てすぐに家持に吹きつけてくる風、ということになる。その佐保の邸宅を出て、家持が向かったのが、「題《だい》詞《し》」に登場する「西の宅」である。おそらく、佐保の邸宅から見て西にあったのであろう。その「西の宅」に帰り着くまでは、風よ吹いてくれるな、と風に頼んでいるのである。なんだか、一夜をともに過ごした恋人を送り出すような歌である。そこに、甥を気遣う叔母の愛情を読み取ることができるであろう。と同時に、わたしは「じゃれあい」のようなものを感じる。つまり、叔母は恋人を送るような表現で甥を送り出し、家持を茶化しているのである。「わたしのいい人が家に帰り着くまで、風よ吹かないでおくれ」と、はやされて見送られた家持は、どのような顔で佐保の家を後にしたのだろうか。

我のいい人の
着ている衣は薄いの……。
佐保の風は
きつく吹かないでね、
家にあの人が帰りつくまでは――。

五　萩より、すすき

人皆《ひとみな》は
萩《はぎ》を秋《あき》と言《い》ふ
よし我《われ》は
尾花《をばな》が末《うれ》を
秋《あき》とは言《い》はむ　（作者未詳　巻十の二一一〇）

「尾花」とはすすきのこと。秋の花では何が好きかという話題になった時に、周りの人びとはみんな「萩がいい、萩がいい」と言う。すると一人が、「お言葉ですが、わたしは尾花の方が秋の花としては好きです」と言ったのである。この歌は、少数者の意見を堂々と主張したい……という歌なのである。

当時の人びとは、萩をどういうふうに見ていたのだろうか。そして、尾花をどういうふうに見ていたのだろうか。

『万葉集』で歌の数が最も多いのは萩であることから、この時代、萩がひじょうに好まれ

たことがわかる。さらには、大伴家持の弟である大伴書持《ふみもち》は庭に萩を植えていたというこ
とが歌の中に出てくるので、庭に萩を植えることも流行していたようである。尾花、つま
り「すすき」も人気があった花だとはいえ、萩よりは人気がなかった。それを、一方では
こういうへそ曲がりの人もいて、「俺はすすきだ」と言っているわけである。
お饅頭で黒あんと白あん、どっちがいいかというと、だいたい皆、黒あんの方がいいと
言う。しかし、少数ながら「お饅頭といえば白あんに限る」と言う人もいる。そういう人
には、ぜひ高らかにこの歌を歌ってもらいたい。
　この歌のおもしろさは、「いやあ、多数意見には負けないぞー」という意気込みが伝わ
ってくるところであろう。

　みんなは……
萩が秋を代表する花だと言う。
ならばわたしは……
尾花だ、
秋の花はと言おう！

六　恋人のために……

住吉《すみのえ》の
小田《をだ》を刈《か》らす児《こ》
奴《やつこ》かもなき
奴《やつこ》あれど
妹《いも》がみためと
私田刈《わたくしだか》る

（作者未詳　巻七の一二七五）

巻七に収められている旋頭歌《せどうか》。短歌は五・七・五・七・七だが、旋頭歌は五・七・七・五・七・七の形である。旋頭歌は、柿本人麻呂が若い時に馴染み、好んで用いた歌の形でもあるといわれている。

「住吉《すみのえ》」は現在の大阪市の住吉《すみよし》。「小田」は小さな田圃。「刈らす児《こ》」は、取って刈っていらっしゃるお若い方よという言い方。「奴」は、家で使われている、さらには貴族の荘園などで使われている使用人。「妹」は恋人。「私田」は、私有を認められた田圃。つまり、これは稲刈りの歌なのである。

住吉で若い人が一生懸命稲刈りをしているところへ、人が通りかかり「使用人はいないのかね」と、声をかける。「使用人はいますが、恋人のためでありますから、わたし自身で刈っておるのでございます」と答えるというわけである。

おそらく人任せにして稲刈りを頼むと、手間賃を取られたり、さらには少し雑な刈り方をされたりということがあるのであろう。大切な恋人のために刈る稲は、自分が刈るんだと言っているところが、おもしろい。

いつの時代も、恋人のためというのは特別なのである。惚れた弱みというか、恋をすると相手のために何かをしてやろうという気持ちが湧き上がってくるものであり、そんなことがひしひしと伝わってくる歌である。

最近どうもあいつはある女性に入れ込んでるらしいぞと皆が噂をしている。それを知っていて、今度は逆に本人の方はこういう歌を皆に披露する……と皆は大爆笑になる。こういうことではなかったのかとわたしは想像している。

おそらく、これは宴会のようなところでコントのように演じられた歌であろう。「使用人はいますが、恋人のためですから、わたし自身で刈っているんです。男は辛いもんですなあ……」というように自分で自分を笑う芸なのである。

この歌のように、『万葉集』には自らを笑う歌も多い。そういう歌なら、宴会に出席した皆が笑えるからである。

住吉で
小さい田圃を刈っていらっしゃるそこのお若いの、
使用人はおらんのかね。
使用人はおるにはおるんですが……
惚れたカノジョのおんため
わたし自身で刈っているんでございます。

七　妻を恋うる声

泊瀬《はつせ》の朝倉《あさくら》の宮《みや》に天《あめ》の下治《したをさ》めたまひし大泊瀬幼武天皇《おほはつせわかたけるてんわう》の御製歌《おほみうた》一首

夕《ゆふ》されば
小倉《をぐら》の山《やま》に
伏《ふ》す鹿《しか》し

今夜《こよひ》は鳴《な》かず
寝《い》ねにけらしも　（雄略天皇　巻九の一六六四）

左注省略。

巻九のいちばん初めの歌。雑歌の巻頭歌になっている雄略天皇御製歌である。巻のいちばん初めにくる歌には、編纂者も頭を悩ませたらしい。たとえば手紙でも、いちばん初めに何を持ってくるか、ひじょうに悩む。巻頭歌は、その巻全体に一つの意味付けをする歌となるので大切なのである。巻一の一番の歌も雄略天皇御製歌で、巻九の編纂者も雄略天皇の歌を冒頭に置いて、この巻をはじめたのである。雄略天皇は国土統一の英雄であることについては第一章において述べた。

「夕されば」は、夕方になるという意味。「小倉の山」には様々な説がある。一つの説では桜井市の今井谷《いまいだに》あたりといわれている。いずれにせよ、雄略天皇がいたのは、現在の奈良県桜井市であり、おそらくその近くではなかったかと思われるが、場所はよくわからない。

この歌はちょっと不思議な歌である。普通ならば、ああ、今宵も鳴いているとか、今鹿が鳴いた、というように歌を作る。ところが、この歌では、鹿が鳴かないというのである。鹿の鳴き声で万葉の時代の人びとは秋の情緒を感じていた。その鹿の声がしない。だから、今宵は寝たのかなあ……ということになるわけである。

つまり、雄略天皇は毎晩鹿の鳴き声をずっと聞いていたのである。ところがある日ふと気付くと、あっ、今日は鳴いていない、寝てしまったのかなあと驚いたのである。

さて、鹿はなぜ鳴くのか。他の歌を検証してわかるのは、万葉時代の人びとは妻を求めて鹿は鳴いていると理解していたということである。すなわち、鹿の声を、妻を呼ぶ声であると認識していたわけである。

とすれば、この歌は、ああ、妻が見つかって、妻と共寝をしているんだろう、よかったね、結婚相手が見つかって、という歌になる。今日は鳴いていないということは、もう鳴かないで済んでいるんだね……というような優しい気持ちを表している歌なのである。

この歌を読んで思うのは、動物の鳴き声を人間がどう聞くかということはひじょうに重要だ、ということである。これを、単に動物の鳴き声として聞くか、妻を呼ぶ声として聞くか。しかも、この歌の場合、鳴いていない鹿の鳴き声を歌にしているのである。当該歌で興味を引く点は、鳴いていない鹿の鳴き声を歌って鹿への愛情を示している点である。

わたしたちは、つい目に触れるものとか耳に聞こえるものだけを大切にする。

あれ、今日はどうして隣の家からピアノが聞こえないのかな、いつも練習している女の子が風邪でもひいてしまったのかな、バレーボールでもして突き指してしまったのかな、と思える人は、心豊かである。隣の家の女の子が毎日毎日ピアノの練習をしているのを聞いて、ああ、随分上達してきたんだなと思える人は、心にゆとりのある人であろう。

つまり、今日は聞こえないな、どうしたんだろうというのは、聞き手の愛情から発せられた言葉なのである。現代人は、そういう心のゆとりと愛情を持って何かを見たり、聞いたりすることがあるだろうか。この歌を読む時にいつも、そういうことを考えてしまう。聞こえない鹿の鳴き声を詠んだ雄略天皇。おそらくこの歌はそういう雄略天皇の優しい気持ちを表している歌として、巻九のいちばん初めに据えられたのだろう。

夕方になると
小倉の山に来て伏す鹿が、
今宵は鳴いていない……
寝てしまったのかなあ——。

八　別れの朝に

朝戸出《あさとで》の

君《きみ》が足結《あゆび》を
濡《ぬ》らす露原《つゆはら》
早《はや》く起《お》き
出《い》でつつ我《われ》も
裳《も》の裾《すそぬ》濡らさな　（作者未詳　巻十一の二三五七）

何とも可愛らしく、初々しい歌。読むこちらの方が恥ずかしくなる、新妻の告白を聞くような歌である。

「朝戸出」は、朝、戸を出て行くということ。「足結」は袴の膝下のあたりをくる紐のこと。袴のままだと、ぞろびいて歩くことになり、はなはだ具合が悪い。そこで膝下のところをくくるのである。「裳」は巻きスカートと考えてよい。そうすると、今でいうならば彼氏が朝、出勤をしていくのを見送る歌ということになる。

古代では男性が女性の家を訪ねて行って、朝、女性の家を出てゆく妻訪《つまど》い婚《こん》が一般的な結婚生活であった。その時に一夜を共にした女性は見送るのである。そして、別れの朝。戸のところまでだったら誰にも気付かれないが、一緒に外に出て行って見送ると、皆が気付いてしまう。昨日は彼氏が泊まったんだなあとわかってしまうのである。そうなると、街は噂でもちきりとなってしまう。そこで戸口で見送って、皆にわからないように彼氏を送るわけであるが……やっぱり、ほんの少しの時間でも一緒にいたい、途中までても見送りたいと彼女は訴える。であるならば、一緒に歩いてスカートの裾を濡らしましょう、というわけである。

何とも可愛らしい。どこが可愛らしいかというと、「早く起き」てというところである。周りに見られないように、早く起きて見送ってしまえば人目はない。しかし、そうすると早朝だから露に濡れる。でも、彼氏の袴の裾を縛る紐が濡れるんだったら、わたしのスカートも濡らしたいです、と彼女は訴えるのである。

万葉時代の人びとは奔放な恋をしていたというようにいわれてはいるが、この時代の人も街の噂を気にしていたし、さらには、そういった噂によって二人の仲が引き裂かれるというようなこともあったのである。だから、あまり噂が立たないように家の中から見送ろうと彼女は思ったのだけれども、やはり少しでも一緒にいたいので一緒に露原を歩いていこうと「のたまう」のである。

朝、戸を出ていく
アナタの足結を濡らす露原……
早く起きて見送ってゆき、
（共に歩いて）わたしのスカートの裾も、濡らしましょう。

九　眠れぬ夜に

皆人《みなひと》を
寝《ね》よとの鐘《かね》は
打《う》つなれど
君《きみ》をし思《おも》へば
寝《い》ねかてぬかも　（笠女郎　巻四の六〇七）

情熱的な恋歌で知られる笠女郎《かさのいらつめ》の歌。大伴家持と恋愛関係にあった彼女は、情熱的な恋歌を二十四首も大伴家持に贈っている。その一首。

奈良時代の都では陰陽寮《おんみよう》という役所があり、時刻の制度を司っていて、鐘を打っていた。「寝よとの鐘」というのはちょうど寝る時間ですよということをみんなに知らせる鐘である。諸説あるが、午後七時から八時ころに、就寝時刻を知らせる鐘が打たれていたと考えてよい。つまり、宮廷やその近くに住んでいる人たちはだいたい午後七時から午後八時に鳴らす鐘が聞こえると、あれは寝よとの鐘だ、寝なさいという鐘だと思ったわけである。

しかし、恋をしている人間は寝られない。床に入っても寝られない。ならば、なぜこういう歌を家持に贈ったのか。わたしは家持さん、あなたにこれだけ恋をしていますよ、寝よとの鐘というのが鳴ってもわたしは決して寝られないんですよ、あなたのことを思うと、と訴えているわけである。そういう歌をもらった家持はどんな気持ちだったろう。

情熱的な恋歌で知られる笠女郎。その表現は新鮮である。笠女郎はどうも家持よりもかなり身分は低かったようである。しかし、歌の才はあったようだ。情熱的な歌を贈り続ける笠女郎。そして、大伴家の御曹司として成長していく家持。その二人の間の恋愛というものがどういうものであったかはよくわからないが、この歌を見る限り、なかなか笠女郎は積極的に家持に自分の恋心を訴えかけていたようである。

この歌のように生活の中から素材を見つけて、それを恋歌にして相手にぶつけていくということが……万葉の時代にはあったようである。

みんな！
寝る時間ですよという鐘は打たれるけれども、
アナタのことを思うと……
眠れませんわ――。

第三章　君待つと我が恋ひ居れば

一　天の大海原をただよう月の舟

天《あめ》を詠《よ》む

天《あめ》の海《うみ》に
雲《くも》の波《なみ》立《た》ち
月《つき》の舟《ふね》
星《ほし》の林《はやし》に
漕《こ》ぎ隠《かく》る見《み》ゆ（作者未詳　巻七の一〇六八）

『万葉集』でロマンチックな歌を一つあげなさいと言われたら、わたしはこの歌をあげる。『万葉集』でメルヘンチックな歌を一つあげなさいと言われたら、わたしはこの歌をあげる。

この歌は巻七の雑歌の巻頭に収められている。当時も高い評価がなされていたのであろう。スケールが大きくて、ロマンチックで、しかもメルヘンの世界。何か物語が聞こえてきそうなこの歌を、編纂者は巻七の巻頭に据えているのである。

当該歌は柿本朝臣人麻呂の歌集に出ていて、人麻呂が作ったか、ないしは人麻呂が集めた歌ということになる。

おそらく七夕の歌であると思われるが、こういうロマンチックな歌の世界がすでに『万葉集』で展開されているのである。

「天の海」は、大空。天が海原のように広がってゆく。つまり、空を海にたとえているのである。「雲の波立ち」は大空が海であるならば、雲は波であると雲を波にたとえているのである。

そこに見えるのが月の舟。雲間から見える月は舟に見えると作者は歌い継ぐ。おそらく三日月とか半月のように舟の形に見える時があるので、こういう表現になったのであろう。そうすると星は何か？　星は林のように見えるというのである。

天の海に、
雲の波が立つ……。
月の舟は、
星の林に……、
漕ぎ隠れてゆくのが見える——。

二　涙と霧

君《きみ》が行《ゆ》く
海辺《うみべ》の宿《やど》に
霧立《きりた》たば
我《あ》が立《た》ち嘆《なげ》く
息《いき》と知《し》りませ　（作者未詳　巻十五の三五八〇）

天平八年、七三六年に任命された遣新羅使人《けんしらぎしじん》の歌。この歌は遣新羅使人の夫を送り出す妻の歌である。遣新羅使人というのは、日本から新羅の国に遣わされた人びとのことである。

この天平八年の遣新羅使人は辛酸をなめた。新羅と日本との関係がたいへん悪化している時の使者だったのである。友好関係にある時の使者ならばいいが、友好関係にないわけであり、向こうでは大変な軋轢《あつれき》があったことが予想される。

さらには、任命された大使が途中病に倒れて死んでしまったのである。また得体のしれない病気で、遥か壱岐の島で亡くなった人物もいる。これほど不安で恐ろしいことはないと思われる。そういう苦難の遣新羅使人たちを見送った妻の歌の一つである。

「海辺の宿」、この場合の宿は、海辺で停泊中に過ごす場所。宿舎のようなものがあれば宿舎だが、ひょっとすると船の中に寝る人も多かったかもしれない。

この歌の妙は、旅行先で夫が見るであろう海の霧を自分の息にたとえて、その霧を見たらわたしの息だと思ってください、と詠んでいることである。

わたしはこの歌を読むと泣いている人のことを思い起す。泣いている人は息があがって、はあ、はあ、はあ……というふうに呼吸が乱れている。そうすると冬の寒い時などは、口から白い息が出る。それが集まって霧になるだろうと歌っているのである。

天平八年、七三六年、旅立ちの前に妻たちはこのような歌を歌って自らの夫たちを送り出したのであった。

アナタが行く
海辺の宿で、
もしも霧が立ったなら……
ワタシが都で立ち嘆いている
息だと思って――
ワタシのことを思い出してください。

三　恋の噂

道《みち》の辺《へ》の
いちしの花《はな》の
いちしろく
人皆《ひとみな》知りぬ
我《あ》が恋妻《こひづま》は（作者未詳　巻十一の二四八〇）

この歌を初めて読んだ時、ああ、たとえがうまいなあと思った。自分が隠していた恋人とか妻のことがみんなに露見してしまった。知れわたってしまえば、何々子ちゃんは、実はだれだれさんの隠し妻ですよ……というふうにはやしたてられてしまう。辺《へ》は、あたりの意味。すなわち、川の近くならば川の辺、川辺。山のあたりは山の辺、山辺。有名な山辺の道も、山のあたりを通る道、というもともとは普通名詞だったのである。とすれば「道の辺」は、道の近く、道のあたり、道ばたのということになる。

「いちし（壱師）の花」には、さまざまな説があるが、有名な説では彼岸花とされる。彼岸花は人の眼をひく花で、真紅の花が野焼の炎のように群生する花である。新美南吉の「ごんぎつね」の中には、彼岸花が咲いている姿を赤いきれのようだと表現しているところがあったと思う。ひじょうに目立つ花なのである。「いちしろく」は、顕著に、特別に、著しくという意味。

この歌にはひとつの替え歌がある（或本《あるほん》の歌《うた》に曰《いは》く、「いちしろく　人知《ひとし》りにけり　継《つ》ぎてし思《おも》へば」）。ずっと思い続けるものだから、はっきりと人が知ってしまったよ、というわけである。お互いに時が来るまではお付き合いしていることをみんなに黙っていよう、隠していようということだったのだろうか。今付き合っているのがばれるとまずいというふうな、何か訳ありだったのか、わたしは邪推を重ねてしまう。

どちらにせよ、あまりにも自分の恋心が募ってしまって、もうそれを押さえることができない。だから頻繁に会ってしまったり、一夜を共にした後、同じ戸から一緒に出てしまったりとかで、ああ、あの人たちは付き合っているらしいよ、恋人同士らしいよ、いや、隠し妻かもしれないねというふうに噂が立ったのであろう。

『万葉集』には、人の目、さらには人の噂というようなものを気にする恋歌が多い。近代の人間は、恋を個人的なものとして捉えようとする。もちろん、万葉の時代も個人的なものではあったが、同時に社会的なものでもあった。だから、集団見合いのごとき歌垣《うたがき》という習俗が社会的に機能していたのである。当然、人には家族がいる。家族を取り囲む親類がいる。さらには属している氏《うじ》があり、さらには地域社会がある。そして、村もある。そうすると、そういうところでは、きちっとした手続きを踏んで結婚してゆくことが求められるのである。つまり、プロセスが大切なのである。

ところが、恋というものはそう手続き通りに進んでゆくものではない。ついついこういうように人の噂になるということもあるのである。

この歌を読むと、恋愛事情というものは今も昔も変わらないものだなあ、と思ってしまう。隠しておきたいという時には、ばれてしまう。多くの人に知って欲しいと思う時には、みんなは振り向いてくれない。そういうところが、なぜか恋愛にはあるようである。

道ばたにある
彼岸花のような、ひじょうに目立つ花
あ、あそこに花があるよと人が指さすように……
そのようにみんなに知られてしまった
吾が恋妻は。

四　待つ女

額田王《ぬかたのおほきみ》、近江天皇《あふみのてんわう》を思《しの》ひて作《つく》る歌《うた》一首

君待《きみま》つと
我《あ》が恋《こ》ひ居《を》れば
我《わ》が屋戸《やど》の
簾《すだれ》動《うご》かし
秋《あき》の風《かぜ》吹《ふ》く　（額田王　巻四の四八八）

有名な額田王の歌。『万葉集』ではこの歌がいちばん好きですと言う人も多く、額田王がどんな人だったろうかと想像する時に思い浮かべるのもこの歌である。

近江天皇は天智天皇。近江に都を遷した天皇なので近江天皇という言い方が存在するのである。

「君」は女性が男性を呼ぶ、呼びかけの言葉。「屋戸」は「屋の戸」と考えるとわかりやすい。屋は建物、その戸、つまり、建物の出入り口のことである。

さて、どういう状況でこの歌は詠まれたのだろうか。額田王が、今日は天智天皇は来るかなあ、来るかなあと心待ちにしている。その時にふーっと風が吹いてきて、すだれが動いた。すだれが動いたということは、恋人がやって来たんだ……。ところが、振り向いてみるとそこにはただ秋の風が吹いているだけであった。つまり、空しい女心の内側を表しているのである。

『万葉集』の恋歌。その中でも女歌に典型的に多いのが、待つ女の恋歌といわれるような、女性が待っていることを訴える恋歌である。

なぜ、待つ歌が多いのか。それは、当時は女性の家を男性が夜訪れるという結婚の形をとっていたからである。

待っている女性たちは、いろいろな思いで待つ。早く来ないかなあと、じりじりするような焦りにも似たような感情。何で来ないのかしら、わたしがこんなに待ってるのに！というような、怒りの感情。今度来たら承知しないわよ、というようなお灸をすえてやろうというような、そういう愛憎なかばする感情もあったかもしれない。

中国にも同じような形の歌がある。六朝《りくちょう》時代の閨怨詩《けいえんし》、つまり寝室での恨み言の詩である。そういう詩の中に、実はこれに近いものがあり、すだれが動いて人がやって来た気配を感じるというような表現は、中国の文学の影響を受けて、額田王がこういう形にしたのではないかといわれている。ただ、中国の詩の影響を受けたにしても、待つ人の気持ちをこれだけ率直に、これだけ繊細に歌っている歌もない、と思う。なるほどこの歌にはファンが多いはずである。

二〇〇一年秋にオープンした奈良県明日香村の万葉文化館には、平山郁夫さんがこの歌をモチーフにして描いた額田王の絵が収められている。この歌のイメージの世界を平山郁夫さんはどのように捉えられたか。

額田王は、ぽつーんと一人で座っている。その顔はうつむき加減で少し憂いを含んでいるようにわたしには見える。それは天智天皇、恋人の訪れを待っている顔である。待つ女、やって来る男、いろんなドラマが万葉の時代にもあった。

アナタを待つと、
わたしが恋い慕っていると……
わたしの家の戸の
すだれを動かす
秋の風吹く。

五　水鏡に現れる面影

我《わ》が妻《つま》は
いたく恋《こ》ひらし
飲《の》む水《みづ》に
影《かご》さへ見《み》えて
よに忘《わす》られず　（若倭部身麻呂《わかやまとべのみまろ》　巻二十の四三二二）

防人《さきもり》歌。防人は、東国から筑紫の国の防衛のために派遣された人びとのこと。現在では農民兵というようなイメージで捉えられている。地縁、血縁が全くない所に東国の人びとが派遣されて、そこで仕事をする。家族とはその間別れ別れになってしまう。当然、寂しく悲しい。そういった気持ちが、防人歌には込められているのである。

「影《かご》」は、なまっているが、影。この作者は遠江国麁玉郡《とほつあふみのくにあらまのこほり》、現在の静岡県西部の出身の人ということになる。当時近畿地方は「かげ」といったが、この地方の人びとは「かご」

となまってしまうのだろう。

「よに忘られず」とは、全く忘れられないんですという意味。

水を飲む時は、器あるいは手ですくう。ふっとその水を見ると、そこには妻の影が映っていた。ああ、そうか、妻はわたしのことを思っているからこういう水鏡に映るのだなあ、と作者である若倭部身麻呂は考えたのである。だから男の方も、妻のことが忘れられないのである。

人が人を思うと水鏡や夢に現れる。こういう言い伝えを民俗学では俗信という。このように、一つの俗信を媒介として、相手も思っているだろうというふうに思うし、男もますます妻に惚れ直す。つまり、俗信を媒介として恋人同士がコミュニケーションしているのである。

自分の妻がわたしをいとしく思い、わたしもいとしく思っています……というようなことを人前で公言する人が、今の日本にどれほどいるだろうか。ほんとうに相思相愛でも、みんなの前ではたいしたことないよ、あまり好きじゃないけど、まあ成り行きで一緒になったんだけどね、なんていうことを言う人がほとんどではないか。万葉びとは、今のイタリア人のような個性を持った人びとだったのかもしれない。

わたしの妻は、

たいそうわたしを恋い慕っているらしい……。
飲む水に影さえ見えて、
どうしても忘れられない――。

六　旅の楽しみ

音《おと》に聞《き》き
目《め》にはいまだ見《み》ぬ
吉野川《よしのがは》
六田《むった》の淀《よど》を
今日《けふ》見《み》つるかも　（作者未詳　巻七の一一〇五）

奈良県吉野町の六田は、『万葉集』では六田《むった》と呼ばれているが、現在は六田《むだ》と呼ばれている。その六田の淀を見た人の歌。淀は、ちょうど川の流れが緩やかになっているところ。「音」は噂。

噂で吉野川というのは凄いぞとか、吉野川はきれいだよとか、そういう話は知っているけれども、実際には見たことがない人が吉野川を見た時の歌である。

さて、吉野は壬申の乱という古代の大乱で、重要な役割を果した土地であった。天武天皇は、吉野から兵をあげて乱を平定して即位をする。この勝利によって天武天皇の政権ができる。そして、天武天皇につながる、その子孫たちが次々に即位をすることになる。つまり、天武天皇の子孫たちにとっては聖地のような場所だったのである。

だから、吉野には持統天皇が三十数回も足を運び、さらには歴代の天皇たちも即位の直前、あるいは即位直後に行幸をする大切な場所となっていたのである。

行幸とは天皇が旅をすることであるが、天皇にはお供の人びとがいっぱいいる。つまり、多くの貴族、役人たちが天皇に付きしたがって吉野まで行くことになるのである。そして、大発見をするのである。すなわち、大和平野にはない大きな川を見ることになるのである。しかもそれは激流の吉野川。みんなは吉野川を見て感動して都に帰っていったはずである。都に帰ってくると、吉野川は凄いぞ、吉野川というのはこういう川なんだということをみやげ話にして語り、さらには吉野川の歌を歌った歌も都で披露されることになるのである。柿本人麻呂、山部赤人、みんな天皇の行幸につきしたがってこの吉野川を歌っている。

そういう噂や、歌を聞いた人が、吉野について様々なイメージを持って吉野にやって来たのである。そして、六田の淀というところを見た時に、ああ、これがあの六田の淀か、それをわたしは今日見ることができたよ……というように感動したのであろう。

これも、一つの旅の楽しみ方である。初めて見る景色に感動する。すなわち、情報もなくて行った土地で素晴らしいものに出会うという感動もあるだろう。一方では、聞いていて知識としてはよく知っているけれども、初めてその実物を見たという感動もあるのである。

大学の時に習っていた中国語の先生が、上海の包子《パオズ》が美味しいよと、ことあるごとに語っていた。それで、ずっと上海に行ってそれを食べたいなあーと思っていた。実際に、上海に行き、恋い慕っていた熱々の包子が出てきた。あふあふ……と口の中をやけどしながらそれを食べた。ああ、美味しい、これか！　その時にわたしは噂では知っていた包子を食べたのである。この歌も、そういう歌である。

噂には聞いていたが……
目にはいまだ見ることができなかった
吉野川の
六田の淀を、
今日見ることができた――。

七　艶と芳醇の恋歌

遠妻《とほづま》と
手枕交《たまくらか》へて
寝《ね》たる夜《よ》は
鶏《とり》がねな鳴《な》き
明《あ》けば明《あ》けぬとも　（作者未詳　巻十の二〇二一）

七夕歌の一つ。「遠妻」は、織女星、織姫。日頃は会うことができないが、年に一度会うことができる妻を「遠妻」と表現しているのである。「手枕交へて」とは、腕枕を交わしてという意味で、男女が共寝をする姿を表現しているのである。牽牛と織姫は年に一度の逢い引きだから、相思相愛の二人は手枕を交わし合って寝ているのである。「鶏」は朝を知らせるものであり、古代の結婚では、鶏が鳴いて朝になると男性は帰らなくてはならない。つまり、朝が来たら別れ別れになってしまうから……鶏よ鳴かないでおくれ、と言っているわけである。

「明けば明けぬとも」は、もう明けてしまっても構わない、もうどうなっても構わないという意味である。日本の文学の中で、後々までこの歌の趣向が受け継がれてゆく。ずっと恋人といたいという気持ちは今も昔も変わらないのである。

この歌は、牽牛と織女の歌だが、考えようによってはひじょうに色っぽい歌で、とろけるような夜を、わたしは連想してしまう。めったに会うことができない遠妻という言い方も、わたしたちに一つのイメージを与えてくれる。もう明けてしまったらどうしようもない、えい、ままよ、構うものか！　という言い方も、そのとろけるような夜を過ごしている男性の叫び声として迫ってくるものがある。

つまり、この歌は、幾つもの物語や、幾つものドラマを読者にイメージとして与えてくれる歌なのである。わたしは、この歌のそういう芳醇なところが好きだ。

遠く別れ別れになっていた妻と
手枕を交わし合って寝た夜は……
鶏よ鳴かないでおくれ！
夜が明けたとしても構うもんか――
このまま妻と居続けたいのだから。

八　痩軀を笑う

痩《や》せたる人を嗤笑《わら》ふ歌《うた》二首

石麻呂《いしまろ》に
我物申《われものまう》す
夏痩《なつや》せに
良《よ》しといふものぞ
鰻捕《むなぎと》り喫《め》せ　（大伴家持　巻十六の三八五三）

痩《や》す痩《や》すも
生《い》けらばあらむを
はたやはた
鰻《むなぎ》を捕《と》ると
川《かは》に流《なが》るな　（大伴家持　巻十六の三八五四）

右、吉田連老《よしだのむらじおゆ》といふものあり、字《あざな》を石麻呂《いしまろ》といふ。所謂仁敬《いはゆるじんけい》の子なり。その老人《おゆ》となりて、身体甚《いた》く痩《や》せたり。多く喫《くら》ひ飲めども、形飢饉《ききん》に似たり。これに因《よ》りて、大伴宿禰家持《おほとものすくねやかもち》、聊《いささ》かにこの歌《うた》を作《つく》りて、以《もち》て戯笑《きせう》を為《な》す。

大伴家持の痩せた人を笑う歌である。巻十六には、人を笑う歌が多くあるが、その中の一つ。「石麻呂」と、人の名前を詠み込んで、わたしは何々さんにこういうことを言いたいと歌っているのである。

夏痩せに鰻が効くというのは、万葉の昔からの生活の知恵であった。

鰻屋さんにこの歌の書がかけられていることが多い。修業を積んで店を持ち、名高い書家にこの歌を書いてもらう。それが鰻職人の夢であるという話を聞いたことがある。

鰻が実際に美味しいのは夏ではないそうだが、鰻の栄養がちょうど夏ばてに効くらしい。現在、土用の鰻として夏になると鰻が売れる。ただし、土用の鰻を宣伝したのは幕末の平賀源内である。

一首目において家持は、石麻呂は痩せているんだから鰻を捕って食べなさいと歌う。それに対して二首目では、ちょっと待ってよ、痩せても痩せても生きていられるわけだから、鰻を捕ろうとして川に流されるなよ……と言う。家持は、こうして二度皆の笑いを取っているのである。痩せている人は当然川に流されやすいわけで、この二首をもって痩せているということをからかっているのである。

この石麻呂についての説明が左注にある。通称を石麻呂と言った。「仁敬」というのは人名なのか、それとも仁や敬の心を持っていた人のことなのかは、諸説が分かれるところである。その人はたいへん痩せていた。たくさん食べるけれども、この人の姿は飢饉にあったような人の姿であった。そこで、大伴家持はいささかこの歌を作ってからかったと左注は伝えている。

わたしは、夏に鰻を食べる時には、必ずこの歌を思い出す。

石麻呂さんに
わたしはものを申しあげます……
夏痩せには「良い」というものですよ。
鰻を捕ってお食べなさいな。

痩せても痩せても
生きていられたらけっこうなこと……。
もしかして、もしかして
鰻を捕ろうとして
川に流されるなよ！

第四章　心の中に恋ふるこのころ

一　宝石と純情

信濃《しなぬ》なる
千曲《ちぐま》の川《かは》の
小石《さざれし》も
君《きみ》し踏《ふ》みてば
玉《たま》と拾《ひり》はむ
（作者未詳　巻十四の三四〇〇）

巻十四の東歌の中の一首。東歌は東国の歌であり、東国の民謡であると考えられたり、東国の民衆の抒情歌であると考えられたり、さまざまに言われている。民謡か、創作歌か、さらには流行歌のようなものとして捉えていいのか、そこは意見が分かれるところであるが、東国の人びとが歌った歌ということについては確かである。その東歌の中に信濃の国の歌があり、そこに当該歌があるのである。

「君し踏みてば」ということは、女歌であり、女性が男性のことを詠んでいることがわかる。当然、君は恋人となる。片思いでも構わないが、女性が男性を思っている歌である。

玉《たま》は、玉《ぎょく》であって宝石のこと。

つまり、信濃の千曲川の川の中にある石は石ころだけれども、あなたが踏んだのであるならばわたしにとっては宝石よ、という意になる。なかなか純情な歌だなあと思う。

若い時に読んだ小説だから、記憶もおぼろげで、書名も思い出せないが、たいへん好きな女の子ができて、その気持ちが思いあまって、その子の下駄を盗むという話があった。

わたしと一緒に学部、大学院と勉強していた二十年来の友人の女性の万葉学者が、こんな話をしてくれたことがある。「わたしは中学校時代に好きな男の人ができました。しかし、うち明けることができませんでしたので、放課後、誰もいなくなった教室でその好きな男の子が使っていた席の机に頰ずりをしたんです」……それほど好きだったのか。つまり、他の人から見れば石ころだが、その人から見ればそれは宝石なのである。

亡くなった犬養孝先生がこの歌を講義する時に、必ず鹿児島県の知覧から飛び立った特攻隊の話をされた。ご両親が戦後、息子が最後に飛び立った知覧の地を訪れて、その飛行場の石を持って帰るという話である。両親にとっては子供が踏んだかもしれない石は、宝石なんだという話だった。この話を犬養先生がされると、会場では昔のことを思い出してすすり泣く人がいたのを思い出す。わたしもその光景に何度か出くわした。

信濃にある千曲川の

小さな石ころも、
あなたが踏んだのでしたら……
玉として拾いましょう。

二　いのちを讃える

大宰帥大伴卿《だざいのそちおほともきやう》、酒《さけ》を讃《ほ》むる歌《うた》十三首（のうちの第十二首）

生《い》ける者《ひと》
遂《つひ》にも死《し》ぬる
ものにあれば
この世《よ》にある間《ま》は
楽《たの》しくをあらな　（大伴旅人　巻三の三四九）

大伴旅人の酒を讃《ほ》むる歌の一つ。

「生ける者」というのは生けるものは全てということであり、人間に限らない。人間も含まれるが、トンボでも虫でも、鳥でも何でもいい、さらには植物でもいいのである。

この歌は「讃酒歌」という題を持つお酒を讃める歌の中の一つであるから、生きている間は楽しく酒を飲もうよという意味になる。

この歌を取り上げると、いつも思い出す吉田兼好の『徒然草』の一節がある。「人皆生を楽しまざるは、死を恐れざる故なり」……人間として生きていて、生きていることを楽しまないヤツは、死のほんとうの意味をわかっていない大馬鹿者であるという名言である。吉田兼好は言う。「存命の喜び」、すなわち命があるということの喜びというものを大切にしなければならないんだと。

わたしは、この歌を読むと必ず兼好のことばを思い出す。どんな人でも死ぬという運命から逃れ得ない。だから、生きている間には楽しく生きなければならないんだということを、わたしはこの兼好のことばから再確認する。人生一度っきり、片道切符である。だからこそ楽しまなければならないのだ。そういう思想をわたしは、この歌から学んだのである。

わたしは、この歌を仕事で失敗した夜に口ずさむことが多い。仕事がうまくいかなくて落ち込んだ時に、ほんとうは努力が足りなかったのだから頑張らなきゃいけないとか、反省しなきゃいけないとか思わなければいけないところだが、そうは思わずにこの歌のことを思い出すことにしている。

生きている間は、仕事も楽しくやらなければいけない。仕事が楽しいということは、これは仕事がうまくいっているということである。仕事がうまくいっているということは人生が楽しいということであるから、仕事で失敗した時には楽しい仕事になっていないなあ……だから、一つ一つの仕事は大切にして頑張らなけりゃいけないと反省するのである。

この話をあるところでしたら、いたく感じ入ってくださった人がいた。その人は日本を代表するホテルの支配人であったが、先生の講演を聞いて、従業員たちに、夕方のミーティングでは必ず「今日は楽しい仕事が皆さんできましたか？　皆さんが楽しいと思っていい笑顔で仕事をしているとお客さんも楽しい気持ちになるんですよ。だから、みんな楽しい仕事をしなければいけませんよ」と毎回語りかけるようにしています、というお便りを頂いたのである。

生きとし生けるものは、
いずれは死ぬという
運命にある――。
だから、この世にある間は……
楽しく生きていたいものだ。

三　子を思う

銀《しろかね》も
金《くがね》も玉《たま》も
なにせむに
優《まさ》れる宝《たから》
子《こ》に及《し》かめやも　（山上憶良　巻五の八〇三）

有名な山上憶良の「子等《ら》を思《おも》ふ歌一首」についている反歌。この前には序と長歌があって、この反歌が、その次にくる。

山上憶良はたいへんなインテリである。そのインテリが、自らの子供のいとおしさということを歌っている。

この歌の序にはこう書いてある。お釈迦様だって出家する前に生まれた子供、ラゴラをたいへん深く愛しておられた。したがって、釈迦のような聖人でさえ、やはり子供に執着する気持ちがあったのだ。いわんや、一般の人間が子供に執着するのは当たり前だ、と。

宝物に執着する心が人間にはある。お金に執着する。ダイヤモンドに目が眩むということもある。それよりも、人間は自らの子供にもっと執着する。だから、子供が誘拐されると、親はもう何をもってしても子供を救おうとする、法外なお金だって出そうとする。そういう心情があるわけである。

人間たるものの本質はこれでよいのだ、という考えが憶良にはあったのだろう。子供に優る宝はないのである。

山上憶良のこの歌は、現在多くの教科書に取り上げられているが、山上憶良が言おうとするところはどんなに優れた宝、どんなに立派な宝よりも子供の方が大切だ、それほど人間は子供に執着するのだということなのである。

銀、金、玉
そうした宝も何になろう。
どんなに優れた宝も、
子供に及ぶだろうか……
いや及ぶはずもない――。

四　恋人は、衣

風《かぜ》に寄《よ》する

我妹子《わぎもこ》は
衣《ころも》にあらなむ
秋風《あきかぜ》の寒《さむ》きこのころ
下《した》に着《き》ましを　（作者未詳　巻十の二二六〇）

ちょっと変わった歌である。風を冷たく感じると、ああ、もう一枚下着を着込んでいればよかったなあと思うことがある。万葉の時代だって、そうだったにちがいない。

わたしの恋人に下着になって欲しいというのは、何か理不尽な言い方だが、歌の意味はどこにあるかというと、それほどわたしは自らの恋人、自らの妻のことが好きなんです……ということである。だから、女性を差別した歌などではない。

不思議なことに、多くの日本人は結婚すると南の方に新婚旅行に行く。東京の人なら、戦後、一九五〇年代ぐらいまでは熱海。一九六〇年代、七〇年代は宮崎に行った。それから、日本はさらに豊かになり、ハワイに行くようになった。

それに対して失恋をしたら北の方に行く。演歌の世界を見てみよう。失恋をした人は津軽海峡に行ったり、寒さをこらえて編み物をしたりする。つまり孤独という感情、淋しいという感情と寒いという感情は底でつながっているのである。

この歌について考えてみると、恋人と一緒にいれば心は暖かい。秋風が寒いこの頃は下着を着るようによりそっていたいというのである。

『万葉集』の時代には好きになった男性に女性が自分の着ている下着を贈ることは、一般的な行為であった。それは、親愛の情を表すプレゼントであり、決してアブノーマルな行為ではなかったのである。女の人から下着を贈るのは、暖かくして欲しいということもあろうし、もう一つはいつもわたしをそばに感じていて欲しいという気持ちも込められていた。それは、いつもわたしがそばにいると感じていれば、けっして寒くはないはずだという論理につながっているわけである。

だから、自分の恋人は衣であって欲しい、秋風が寒いこの頃は下に着たいので、という発想が生まれてくるのである。

俺の彼女が、
下着であったらな――。

秋風が寒いこの頃は……
下に着ることができるから。

五　鯛が食べたい！

酢《す》、醬《ひしほ》、蒜《ひる》、鯛《たひ》、水葱《なぎ》を詠《よ》む歌《うた》

醬酢《ひしほす》に
蒜《ひる》搗《つ》き合《か》てて
鯛《たひ》願《ねが》ふ
我《われ》にな見《み》えそ
水葱《なぎ》の羹《あつもの》　（長意吉麻呂　巻十六の三八二九）

『万葉集』には食べ物の歌もある。「へぇー、食べ物の歌もあるんですか？」と皆驚く。料理の食材が並べられているこの歌は、長忌寸意吉麻呂《ながのいみきおきまろ》の歌である。長忌寸意吉麻呂はどうも、宴会などに呼ばれて即興で歌を歌うことを得意にした歌人だったようだ。

「酢」は現在のお酢。「醤」は、たいへん難しい。大豆の発酵食品であることは間違いがないが、発酵させて作ったものだから味噌、味噌というよりはもろみと考えた方がよいだろう。「蒜」とは、らっきょうとかニンニクの類で、香辛性のある食用の多年草であり、これで味にアクセントを付けることができる。「鯛」は、万葉の時代から現在に至るまで魚の王様。煮てよし、焼いてよしという魚。「水葱」は水葵、安物の野菜でスープの実にしたようである。

つまり、現在でいうならばすり鉢に酢ともろみを入れて、そこにニンニクを入れて、すりこぎで叩く。それに鯛を和えて食べる。わたしもやったことがあるが、けっこう美味しく食べることができる。

おそらく宴会でスープのようなものが出てきた時に、わたしが食べたいのは鯛なのに……なんて言いながら、こういう歌を歌ったのではないだろうか。『万葉集』には食べ物の歌が出てくる。それは『万葉集』の歌の場が、多くは宴席であったためである。だから、食べ物を題材にすることも多かったのではないだろうかと、わたしは考えている。食べ物の歌が『万葉集』にあることで、当時の宴会料理のメニューがわかるのはおもしろい。

わたしは、『万葉集』は言葉の文化財と言っているが、このように時として『万葉集』は歴史の資料には表れないことがらをわたしたちに教えてくれる。宴会の時にどんな料理が出て、みんなは宴会の時にどういうものが食べたかったか、ということも教えてくれるのである。

もろみに酢
蒜を擣き加えた
鯛を食べたい
わたしには見せて欲しくない……、
水葱が入った安物のスープは。

六　眉を掻くとあなたに逢える

同《おな》じ坂上郎女《さかのうへのいらつめ》の初月《みかづき》の歌《うた》一首

月立《つきた》ちて
ただ三日月《みかづき》の
眉根《まよね》掻《か》き
日長《けなが》く恋《こ》ひし

君《きみ》に逢《あ》へるかも（大伴坂上郎女　巻六の九九三）

『万葉集』で最も有名な女流歌人と言えば、額田王だが、『万葉集』で最も重要な女流歌人は誰かといえば、わたしは躊躇なく大伴坂上郎女をあげる。編纂者である大伴家持に歌の手ほどきをしたのは、おそらく大伴坂上郎女であった、と考えられるからである。

その大伴坂上郎女が詠んだ初月の歌。「月立ちて」は月が立つこと。新月というのはほとんど見えない。それから三日月というものが出てくる。月が立つ、これが一日（ついたち）、「つきたち」から「ついたち」になるわけで、かつては太陰暦、すなわち月の満ち欠けで日にちを設定していた暦を使用していたから、月立ちては月の初めとなる。

さて、この坂上郎女が活躍した天平時代には唐の宮廷で流行った化粧法が流行していて、自分の眉を抜き、眉墨で描くことがあったようである。

大伴坂上郎女は、三日月のような細い眉を描いていたようであり、その描き眉のところを自分の手で眉が痒《かゆ》いということにして掻いたようである。眉を掻いて長く待っていたあなたにお会いできましたというのがこの歌の意味だが、それでは全くわからない。

ならば、どう考えるとわかるか。この時代、眉が痒いと恋人がやって来るという俗信があった。そこで、恋人に会いたいと思う坂上郎女は痒くもないけれども、自分の描き眉を一生懸命掻いたのである。そうすると、恋人がやって来た。つまり俗信の裏返しをしたわけである。

眉が痒いと恋人がやって来ると言う。では、眉を掻けば恋人が来るのではないかと思って眉を掻く。そしたら果たせるかな、恋人がやって来た。なかなか可愛らしい歌である。

新しい月が立って、
ただ、三日月のような
眉を掻きながら、
長い日数恋い慕ってきた……
アナタに会えたことですよ。

七　わたしの花

我《わ》がやどに
植《う》ゑ生《お》ほしたる
秋萩《あきはぎ》を

誰《たれ》か標刺《しめさ》す
我《われ》に知《し》らえず　（作者未詳　巻十の二二一四）

『万葉集』の時代、自分の庭に萩を植えて鑑賞することが流行していた。

また、これが自分のものですよということを示すために、たとえば土地に、これが自分の土地ですよとか、若菜摘みの時にはここはわたしが数日以内に若菜を摘みますから他の人は摘まないで下さいということを示すために、標《しめ》を刺したりする習俗があった。たとえば一本の串のようなものを地面に刺したり、杭のようなものを打ったり、柵を巡らしたり、縄を張り巡らしたり、様々なことをして、他人がそこに立ち入らないようにするのが標である。


この歌では自分の家の庭に許可もなく入り込んだヤツがいるという。その上、庭の萩に自分のものですよという標を刺したヤツがいたのである。何たることか。

たとえば、読者の皆さんの庭で丹精に育てていらっしゃる花があったとしよう。ある日ふっと気が付くと、これはわたしのものですよという全然知らない人の名前が書かれた串がそこに刺さっている。何たることか、これはわたしが庭で育てている花ではないか……というように怒るだろう。この歌はそういうたとえの歌なのである。

ならば、何のたとえか。萩は娘さんのたとえであろう。庭で育てている花同然に、娘さんを大切に、大切に育てている。その大切に、大切に育てている娘さんに、どうも勝手に手を出した男の人がいたようなのである。わたしに無断で、わたしが大切に育てている娘と知らないうちに恋仲になってしまうなんてけしからん、ということを言いたいのであろう。それを、丹精に庭で育てている花に勝手に標を刺したヤツがいる、と表現しているところがおもしろい。

年頃の娘さんがいらっしゃる家の人には、よくわかる表現かもしれない。娘さんというのは大切に育てられているものである。大切に育てて、素晴らしい人と結婚させてやりたいと思う。これが親心というものである。

今も昔も変わらない娘を思う親心。その娘さんに好きな人ができたことを知った時の驚き。しかも、内緒で。そこからくるわりきれない怒り、というようなものが歌われているのである。

自分の家の庭で、
自分が育てている秋萩に、
誰かわからない人が標をした（なんたることか！）。
そんな馬鹿なことがあるか！
わたしに無断で。

八　ホ、ホホ、ホノホ

抜気大首《ぬきけのおほびと》が筑紫《つくし》に任ぜらるる時に、豊前国《とよくにのみちのくち》の娘子《をとめ》紐児《ひものこ》を娶《めと》りて作《つく》る歌《うた》三首（のうちの二首目）

石上《いそのかみ》
布留《ふる》の早稲田《わさだ》の
穂《ほ》には出《い》でず
心《こころ》の中《うち》に
恋《こ》ふるこのころ　（抜気大首　巻九の一七六八）

抜気大首という平城京の役所の役人が筑紫の国、現在の福岡県に赴任する。赴任した現地で恋に落ちて、紐児という女性と結婚した。

「石上布留」は、現在の奈良県天理市の石上神宮のある石上。「早稲田」とは、早稲が植えられている田圃。「穂」は、稲穂（イナホ）でもあり、顔にある頬（ホホ）でもある。

石上布留の早稲田というのは、その早稲田というところを具体的に言おうとしただけなので意味はない。早稲が植えられている田圃、そこから出る穂は早く出てしまう、いやいや自分はそうならずに頰《ほ》を赤くせずにじーっと心の内で恋い続けていこうというのだから、まわり道の表現である。そのまわり道の表現がおもしろい。

実をいうと、この歌には、前の歌・後の歌があるが、これもまた熱烈な恋歌である。後の歌を見ると、「かくのみし　恋ひし渡れば　たまきはる　命も我《あれ》は　惜しけくもなし」（巻九の一七六九）、恋い慕うことを続けていると、命も惜しくなんかありません、と歌っている。

さて稲のいちばん大切なところ、飛び出たところ、素晴らしいところが稲穂である。槍のいちばん飛び出たところ、大切なところは槍のホ。人間の顔の中でいちばん飛び出ていて表情が出るのがホホ。さらに火でいちばん飛び出ている先のところがホノホである。つまり、槍のホ、稲穂、頰、炎、全て「ほ」というのは飛び出たところということができよう。

新婚さんはすぐ顔に出てしまう。それを人に悟られないようにという、ちょっとほほえましい歌である。

石上の布留にある
早稲が植えられている田圃のように……、
穂には出さずに
心のうちだけで
恋するこのごろです。

第五章　朝影に我が身は成りぬ

一　静かに……

蟬《せみ》を詠《よ》む

黙《もだ》もあらむ
時《とき》も鳴《な》かなむ
ひぐらしの
物思《ものおも》ふ時《とき》に
鳴《な》きつつもとな

（作者未詳　巻十の一九六四）

あたりまえの話だが、蟬は一定の季節に日中はずっと鳴き続けて、その季節が終わると地上から消える。夏の期間だけ、夏のエネルギーのようなものを音にして発散しているように鳴き続ける。ところがある時が来るとぴたっとその音を聞くことはできなくなる。「黙《もだ》」は、何ものの思いせず、普通のゆっくりした、のんびりしたという状態。「ひぐらし」は、「かなかなゼミ」のことだが、ここでは一つの蟬の種類を限定するというよりも、油蟬、ツクツクゼミ、クマゼミなどを含めた、蟬の仲間の代表ぐらいに考えてもよかろう。

考え事をしている時というのは、ほんのちょっとの物音でも気になる。だから、そういう時に蝉に鳴かれると、今の自分の気持ちにそぐわなくて嫌だなあというふうに思うわけである。

「もの思う」といった時には、古典の世界では恋人のことを思う、恋のことを思うということであるから、自分が恋をしている時に、蝉が鳴いていると何とも今の気持ちにそぐわないのである。嫌だなぁー、という気持ちになるのはあたりまえである。

だから、自分が恋をしていない、ものを思っていない時に……蝉よ、鳴いてくれよと作者は考えたのである。何もこんな時に鳴かなくてもいいじゃないか、と。

風景を見たり、鳥の声を聞いたりするときに、今の気分とぴったりと一致している時もあるが、一致していない時もある。そういうような例として、この歌をあげることができる。万葉の時代の人も恋をしている時には静かにもの思いに耽りたいと思ったのである。

何もない時に、
鳴いて欲しい。
晩蝉《ひぐらし》は……
わたしがものを思っている時に、
やたら鳴いたりして！

二　恋は神代の昔から

物《もの》に寄《よ》せて思《おも》ひを陳《の》ぶる

朝影《あさかげ》に
我《あ》が身《み》は成《な》りぬ
韓衣《からころも》
裾《すそ》のあはずて
久《ひさ》しくなれば（作者未詳　巻十一の二六一九）

巻十一には「物に寄せて思ひを陳ぶる」という歌が収められている。何か一つのものに自分の気持ちを重ね合わせ、自分の思いを述べる歌である。

朝日や夕陽に映る影法師のことを想像してもらいたい。朝影になっている我が身というのは細く、長く伸びる。影法師は大きなものにもなり、自分の体は細く見える。つまり、朝影にわが身は成りぬというのは、朝の影に映る自分のように、そんなくらいに痩せてしまった、ということなのである。

「韓衣」は、中国風、大陸風の衣服。この衣服は前合わせの部分があまり重ならない。対して、大和風の服は重なるところが大きい。背広のダブルとシングルで考えてもらえばわかるだろう。ダブルは前で重なるところが大きいが、シングルはほとんど重ならない。つまり、裾があまり重ならない、そのように会わない日が久しく続いた。「あはず」を引き出すために「韓衣裾の」という序を付けていると考えればわかりやすい。

この歌は恋やつれをした人の歌である。恋人のことを思うと食事が喉を通らなくなる、だから、痩せてしまうということを歌っているのである。

現代っ子はそういうことはないだろうと思っていたら、ある時にわたしのゼミの女子学生が一ヶ月でみるみるうちに痩せてしまった。恐らく、五、六キロ減ったのではないだろうか。あまりにも痩せてきたので、病気かと思って聞いてみたら、「実は恥ずかしながら好きな人ができて食事が喉を通らないんです」と打ち明けてくれた。ああ、恋やつれが、まだ健在なのかなあ……と彼女には悪いが、うれしくなった。

あとから好きになった男性もわたしのゼミの学生ということがわかった。合宿の夕食どき見ていたら、ほんとうに彼氏が近くにいるというだけで、彼女の食が進まなかった。

恋は神代の昔からと言うが、万葉びとも恋をして痩せたのである。

影法師のように……

わたしは痩せてしまいましたよ。
会わない日が久しくなりましたので──。

三　大伴家持のラブレター

我《あ》が恋《こひ》は
千引《ちび》きの石《いし》を
七《なな》ばかり
首《くび》に掛《か》けむも
神《かみ》のまにまに　（大伴家持　巻四の七四三）

大伴宿禰家持《おほとものすくねやかもち》が坂上大嬢《さかのうへのだいぢやう》に贈った歌十五首の中の第三首目の歌。

坂上大嬢は大伴坂上郎女《おほとものさかのうへのいらつめ》の娘で、家持の妻となった女性である。家持が贈ったラブレターをちょっと垣間見せてもらったような歌である。ならば、奈良時代の人はどんなラブレターを書いたのか？

「千引きの石」は、千人が力を合わさないと動かない石のこと。ということは、たいへん大きな石、岩あるいは山のことである。

恋というのは、突然降って湧いてくるものである。計算して人を好きになれるものではない。それは、医者だって治せぬ病だから。

その気持ちの重さの表現として、千人が力を合わさないと動かない石を七つも首に引っかけたくらいだと家持は歌っているのである。そうすると自分はもう身動きがとれない。なんとも重い恋心なのである。万葉の時代の人びとは、よく自分の恋心を、大きさとか、重さにたとえる。そのいちばんわかりやすい例が、この歌である。

さあ、ここからが解釈の分かれ目。読み手の文学観が問われるところだが、ほんとうに家持は自分の切ない気持ちを大伴坂上大嬢にこのように贈ったのだろうか。それとも仲の良いカップルがじゃれ合うように恋心を歌ったのか。つまり、ちょっと相手に気を持たせながら遊ぶような感覚で歌った歌と考えればよいのか。

どちらか、わたしには決めることはできない。ある時は、ああなるほど真剣な恋歌だなあと思うこともあり、反対にこういう歌を真剣な恋歌として贈ったら、滑稽ではないかと思ったりすることもある。

というわけで賢明なる読者の皆様方にお願いしたい。この歌を何度か口ずさみ、真剣な恋歌か、もしくは遊びの歌か、を決めていただけないだろうか。

わたしの恋心は、
千人が力を合わさないと動かない石を
七つばかり
首にかけたくらいの気持ちです！
それも神様の思し召しなんでしょうか……。

四　雨なので……

笠《かさ》なみと
人《ひと》には言《い》ひて
雨《あま》つつみ
留《と》まりし君《きみ》が
姿《すがた》し思《おも》ほゆ　（作者未詳　巻十一の二六八四）

『万葉集』の時代は男性が女性の家に訪ねていくという結婚のかたちをとっていた。妻訪《つまど》い婚《こん》である。デートする時に、その夜のうちに帰ってしまうこともあれば、一晩泊まってゆくこともある。その時に、どういう会話が奈良時代のカップルの中で交わされたか。この歌は、そんな会話をほうふつとさせてくれる歌である。

さて、わたしは当該歌を読むとこういうことを考えてしまう。他人に今日は何々さんのところにデートに行くんだ。でもね、早く帰ってくるよ、と言った。

ところが、やはり恋をしている二人にとっては時間が短い。一晩という時間なんか、一秒か二秒にしか感じない。ふっと気が付くともう朝だ。そこで、当然今日は早く帰ってくると言った人にはバツが悪い。

どういうふうに言えばいいのかな。そこで「雨だったでしょう、笠がないのでしかたなくて泊まってきたんですよ、あははは……」と笑いながらごまかした。

つまり、恋の小道具として、笠がないから泊まったんだよ、愛しいから泊まったんじゃないんだよ、と他人には言ったのではないか。

この歌は、そんなことを他人には言って泊まってゆきましたねと回想した歌である。つまり、彼は恥ずかしがり屋だから、笠がないから泊まっていったんだよと他人には言ってましたね……と、回想している歌とわたしは考えている。

この気持ちは、わたしにはよくわかる。自分が熱愛をしていることを、他人に悟られたくないという気持ちが働くこともあるのではないか。だから、朝まで共に過ごしていたと言わなくてはいけない時には、何かしらの理由をつけて言う。こういうことは今でもある。名歌として取り上げられることなどまったくない歌だが、奈良時代のカップルの微妙な気持ちが伝わってくる歌である。

笠がないのでと
人には言って、
雨宿りして泊まっていった
アナタの姿が……
思い出されます。

五　誘ってきたのは

紀女郎《きのいらつめ》が家持《やかもち》に報《こた》へ贈《おく》る歌《うた》一首

言出《こちで》しは

誰《た》が言《こと》なるか
小山田《をやまだ》の
苗代水《なはしろみづ》の
中淀《なかよど》にして　（紀女郎　巻四の七七六）

大伴家持の恋人の一人に紀女郎という女性がいた。大伴家持とお付き合いをしているのだが、どうしても彼女と会う時間が取れないので、大伴家持は次のような歌を贈った。それは「鶉鳴《うづらな》く　故《ふ》りにし郷《さと》ゆ　思《おも》へども　なにぞも妹《いも》に　蓬《あ》ふよしもなき」（巻四の七七五）という歌である。この時は都が久邇京《くにきよう》に遷っているので、奈良の都は古い都となっていた。「古い奈良の都にいた時から思っていますが、どうしてもあなたに会う機会がないのです。どうしてあなたに会う機会がないのでしょう。行きたいのはやまやまなんですが、そういう機会が今のところなくて……」と弁解がましい歌を家持は贈ったのである。

少し心が離れたか、ないしはほんとうに行く機会がなかったのか、これはわからない。しかし、歌を見るかぎり、家持は、ずいぶんのご無沙汰だったようだ。すまん、すまん……という気持ちでこの歌を贈ったのだろう。

ここで取り上げるのは、それに答えた紀女郎の歌である。紀女郎は家持の歌にこう答える。

お付き合いしたいと言い出したのは誰の方でございましょうか。つまり最初に言葉をかけたのはどちらでしょうかと、紀女郎は言っているのである。

「小山田」というのは小さな山の田圃。「苗代」というのは何かというと、田植えのために籾《もみ》を蒔《ま》いて発芽させて苗を育てる場所のことである。苗代には当然水が必要だが、その水は冷たい水では困る。発芽によくないからである。そこで、山にある田圃ではとくに水路を長く延ばして、苗代に水が入るようにするのである。水路を通っている間に山間の冷たい水が温かくなって苗代に入ってゆくからである。水路を長くすると、当然中淀ができる。中淀とは、水が淀んで流れないところのことである。水がゆっくり流れるようにすれば、その間に水は温まるので、中淀は山間部の田圃の苗代には、必要なものだったのである。

そういうふうに理解してゆくと、この歌はひじょうにおもしろい歌となる。つまり、中淀というのは付き合いが中だるみ状態になるということ。すなわち、頻繁に通って来てくれない状態になっていることを表しているのである。

この歌、家持に対して、「あなたの方から声をかけてきたのに、こんなにご無沙汰続きなんて許せないわ」と、紀女郎は家持におきゅうをすえているのである。

ちょっと表現にひねりを加えながら……相手の痛いところをつく。そういういたずら心がこの歌にはある。

言い出したのは、
誰でしたっけね……。
山の田圃の
苗代水のように、
お付き合いが途中で淀んだりして……。

六　万葉の青春

誰《たれ》ぞこの
我《わ》がやどに来呼《きよ》ぶ
たらちねの
母《はは》にころはえ
物思《ものおも》ふ我《われ》を　（作者未詳　巻十一の二五二七）

年頃の娘さんの気持ちが表れた歌。万葉の時代のスナップ写真を見るようにわたしはこの歌を読む。言い方を変えれば、万葉時代の青春とはこういうものであったのか、とわかるような気がする歌である。

「たらちねの」は、母にかかる枕詞。「ころはえ」は、怒られている、叱責されているという意味である。

そうすると、当然、何で怒られているのかということが気にかかるが、おそらくそれは男女関係のことではないか。つまり、母親が結婚させたくないと思っているような男性と、この女性はどうも恋仲になったようなのである。

お母さんは、あんな男と付き合ってはだめよということで、怒っている。その怒っている時か、ないしは怒られて「しゅーん」としている時に、例の男性がやって来て自分の名前を呼んでデートに誘い出そうとする。こんなに、バツの悪いことはない。

古代の社会では、子供の結婚に対していちばん影響力を持っているのは母親であった。古代は母系社会で、母親が家のことを任されていたから、母親の権利が強かった。母親が家を守っているから子供の監督は母親がやるのである。しかも、古代においては、女性の家を男性が訪ねていく妻訪い婚だったから、男性が夜訪ねていく女性の家は、その恋人の母親がきりもりする家なのである。母親の監督が厳しくてデートができないという歌が『万葉集』に多いのはそのためである。

この歌は、おそらく母親が娘の結婚に反対してかなり神経質になっていた折も折、彼氏がやって来てしまったのである。つまり、なんてタイミングの悪い人かしら、こんな時に、という歌なのである。

当時この歌を聞いた人びとは、あるよなあこんなことって、と思ったかどうか。万葉時代の結婚をめぐるスナップ写真のひとこまである。

誰なんですか？
このわが家に来て、わたしの名前を呼ぶのは……。
お母さんに叱られて、
物思いに耽っている時に――。

七　チクリと、刺す

春雨《はるさめ》に
衣《ころも》はいたく

通《とほ》らめや
七日《なぬか》し降《ふ》らば
七日《なぬか》来《こ》じとや　（作者未詳　巻十の一九一七）

「春雨じゃ、濡れて行こう」という芝居の名ゼリフもあるが、春の雨なら濡れても構わないじゃないか、と万葉時代の人も考えていたようである。
「いたく」はひどくということ。「通らめや」には、春雨は夕立とか、嵐のように、ぼとぼとに濡れてしまうということはないでしょ。下着までびしょびしょになることはないでしょ、……という意味が込められている。

つまり、これは男の訪れを待つ女歌なのである。おそらく男の方は、春雨が降るので女のところに行くのは止めようと思っていたにちがいない。ないしは、春雨が続いて、しばらく女の家に行くのをためらっていたのであろう。一日か、二日か、三日か、それはわからないが。そして、結局男はこの女の家に行かなかった。すると、女はそれに対して、この春雨はそんなに大雨ですか、違うでしょう。春雨なら濡れても構わないでしょう。七日降ったら、七日来ないつもりですか、と歌を贈ったのである。こういうところに、わたしは相手をチクリと刺す、『万葉集』の女歌の魅力を感じる。もし自分ならば、こういう歌が届いたらどうするか。傘もささずに女の家へ行って、「今、来たよ！」と言うのか。それとも、何か別の理由、「実をいうと風邪を引いているので、春雨なんだけども濡れると大変なんだよ」などと言い訳をするか。ともかくも何とかその場を切り抜ける算段を考えるだろう。

こういう歌は、携帯電話が普及してしまった現代では、もう生まれてこないだろう。携帯電話なら日本中どこにいても、「七日もわたしに会わないつもり！」とすごまれるかもしれない。

あと百年ぐらい経つと、携帯電話が男女の行動にどういう影響を与えたか、国文学の研究の対象になるかもしれない。

わたしは、この歌を読むと万葉時代のカップルの会話を盗み聞きした気分になる。それは、とりもなおさず歌に無限の興味を覚える瞬間でもある。

春雨で
衣はひどく
濡れてしまうものでしょうか⁉
もしかして、七日降ったら……
七日来ないつもりですか――。

八　思いは伝わる

今日《けふ》なれば
鼻《はな》の鼻《はな》ひし
眉《まよ》かゆみ
思《おも》ひしことは
君《きみ》にしありけり（作者未詳　巻十一の二八〇九）

巻十一の問答歌。これは答えの歌で、この歌の前には問いかけの歌がある。それは、「眉根《まよね》掻《か》き　鼻《はな》ひ紐解《ひもと》け　待てりやも　いつかも見《み》むと　恋ひ来《こ》し我《あれ》を」（巻十一の二八〇八）というものである。訳すと、眉を掻いて、くしゃみをして、紐をほどいて待っていてくれたんですか？　早く会いたいと恋しく思い続けてやって来たわたしを、ということになろうか。これは男の歌で、女に対して、問いかけた歌である。

万葉びとは、恋人が強く思うと眉が痒くなる、さらにはくしゃみが出る、会いたいなあと思い続けると相手の下着の紐がほどける、と考えていたから、それを逆手にとることもあった。すなわち、恋人に会いたいと願う人は眉を掻き、わざとくしゃみをし、紐をほどく。すると相手がやって来ると信じたのである。これは、恋人に会うためのまじないといっていいかもしれない。

この男は相思相愛だと思っていたから、わたしがこんなに思っているのだからあなたは眉が痒くなったでしょうし、くしゃみをしたでしょうし、紐はほどけていたでしょうし……と言えたのであろう。

それに対して答えたのが取り上げた歌。

わたしの鼻はくしゃみでもうたいへんだったんですよ。眉は痒くてたいへんだったんですよ。ということは、あなたがそれほど思っていてくださったからなんですね。それはあなたに会える前兆だったのですね、と女性が答えている。何とも自信たっぷりの男。それに受けて立った女の歌の見事なこと。

いまや花粉症が、国民病でもある。春になると、ここでも、あそこでも、はくしょん、はくしょんとくしゃみをして、おまけに目も痒い。もし万葉時代の人が現代にやって来たら、「凄いなあ。これだけ、くしゃみをみんながしているということは……!?」と驚くことだろう。

とある学生さんから「万葉時代にも花粉症があったんでしょうか」と聞かれたことがあった。そこでわたしは、「『鼻《はな》ふ』という動詞があって、その連用形が『鼻ひ』になる。くしゃみをすることだ。それを調べてご覧」と言ったことがある。

このような俗信は、現在にも存在している。たとえば、思われにきび、思いにきびもその一つであろう。にきびのできる場所で恋占いをするのである。人が噂をすると、噂をされている本人がくしゃみをしてしまうという、俗信もある。

人の思いが念力となって、相手の鼻が反応してくしゃみが出たり、眉のところが反応して眉が痒くなったりするのである。

わたしは、こういう歌こそ、中学生や高校生に読んで欲しいと思うのだが……。

今日はなんだか、
もう鼻がむずむずして、くしゃみが出て、
眉が痒い……
と思ったら
アナタに会える前兆だったのですね——。

第六章　萌え出づる春になりにけるかも

一　春が、来る

志貴皇子《しきのみこ》の懽《よろこ》びの御歌《みうた》一首

石走《いはばし》る
垂水《たるみ》の上《うへ》の
さわらびの
萌《も》え出《い》づる春《はる》に
なりにけるかも　（志貴皇子　巻八の一四一八）

『万葉集』が好きだという人に、『万葉集』で好きな歌をあげてください」と言うと、この歌をあげる人がひじょうに多い。なぜ多いのか。わたしが思うには、春が来た悦びをこれだけ率直に、これだけ上品に、そしてこれだけ生き生きと描いた歌がほかにないからだろう。

この歌は巻八の巻頭歌である。何度も述べるように、巻頭の歌は重要な意味を背負っている。古くからの名歌。さらには有名な人の歌。そして何よりも歌そのものが素晴らしくなくてはならない。そのように三拍子揃わないと巻頭歌には選ばれない。天智天皇の子供である志貴皇子の歌はひじょうに格調が高い。巻頭歌にふさわしい歌と考えられたのだろう。

「石走る」は「垂水」にかかる枕詞だが、この句は歌全体に一つの動きを与えているといえる。垂水の様子を生き生きとしたものにしてくれるのである。つまり、この「石走る」という言葉によって、水の流れをわたしたちは感ずることができるのである。

「垂水」は滝。滝の上のは、滝の近くのと考えてもよい。つまり、滝の近く、すなわち水しぶきが飛んでいるようなところに蕨があるとイメージしてよい。

「さ」は接頭語。「萌え出づる」という表現は、蕨が天に向かって伸びていく姿を表現する言葉である。蕨の新芽というのはくるくるっと丸まったものであるが、その先端部が頭をもたげながら天に向かって伸びてゆく姿を歌で表現しているのである。まさに、炎のように。

「題詞《だいし》」の「懽び」とは、浮き浮きするとか、どきどきする悦びのことである。わたしは毎年、四月になり、新入生を迎えると、この歌を講義することにしている。新入生を祝福するために。

岩の上を
ほとばしり流れ出る滝のほとりの

蕨が
萌え出すように天に向かって伸びてゆく……
春になった！

二　船出を寿ぐ

額田王《ぬかたのおほきみ》の歌《うた》

熟田津《にきたつ》に
船乗《ふなの》りせむと
月待《つきま》てば
潮《しほ》もかなひぬ
今《いま》は漕《こ》ぎ出《い》でな（額田王　巻一の八）

額田王の歌の中でも、代表作といわれる歌。
斉明《さいめい》天皇七年、六六一年の正月六日に斉明天皇を船団の総帥と仰ぐ軍団が熟田津を出航した。斉明女帝は時に六十八歳。なんと六十八歳で船団を率いて筑紫に天皇自らやって来たのである。朝鮮半島の情勢が緊迫して、唐と新羅の連合軍に友好国であった百済が圧迫されるに及んで、斉明天皇は筑紫に行き、その劣勢を挽回することを計ろうとしたのであった。

この折、額田王も天皇に同行したのであった。さて、この歌は額田王一人が何か思って作ったというよりも、斉明天皇の心を代弁し、斉明天皇が全軍に呼びかけるかたちで、披露したと考えるのがよい。山上憶良が記した「類聚歌林《るいじゅうかりん》」には、これは斉明天皇の歌として記されていたことが、左注によってわかる。古来名歌として名高いこの歌は、斉明天皇の歌として発表された可能性が高いのである。それを実際に作ったのが額田王と考えればよいだろう。

熟田津から船乗りをしようとしていたら、月の状態もよい、潮もよい、だから今出発しよう、と歌っている。つまりよいことが二つ重なったと言っているのである。船出を祝福してくれるかのように。

この歌は、船出を祝福する歌であり、「幸先がいいぞ」と人びとを励ます歌なのである。わたしはこのような表現に、額田王が宮廷の中で与えられた歌人としての立場というものを思う。つまり、額田王はこの時点において、宮廷を代表して歌を詠み得る立場にあったのである。彼女はこの時、宮廷の中に活躍の場が与えられ、歌人としては絶頂期を迎えようとしていた。

熱田津で
船乗りをしようと
月を待っていると……
潮の状態もよくなった、
——さあ漕ぎ出そう。

三　恋いしのぶ

色《いろ》に出《い》でて
恋《こ》ひば人見《ひとみ》て
知《し》りぬべし
心《こころ》の中《うち》の
隠《こも》り妻《づま》はも　（作者未詳　巻十一の二五六六）

「色に出でて」とは、顔に出してということ。「隠り妻」は、まだ公表しない段階の妻。つまり結婚というものは今も昔もプロセスが大切で、ある段階が来て公表するのである。現在でも、お付き合いがはじまり、婚約し、お披露目があり、それから結婚式があり、披露宴があって、結婚生活がはじまる。

ところが、公表していない段階で、顔色に出して恋い慕ったならば、みんなにそのことがわかってしまう。だから心の内だけで秘めておこうというのである。

万葉時代の恋愛というのは奔放であった、現代人に比べて自由であったと思っている人が多いが、果たしてそうだろうかと思う。奈良時代には奈良時代の社会の掟というものがあり、平成の時代には平成の時代の社会の掟というものがある。恋愛といえども、社会生活の一部であるから、ルールを守って恋愛が行われ、さらにはそこから結婚へと発展していったわけである。

万葉時代はおおらかで自由であったと単純に考えるのは間違いである。だからこそ、人は恋いしのんだのである。

『万葉集』は古代の結婚制度研究の第一級の史料である。一つ一つ手続きを踏んで成立する結婚。その各段階の心情というものを『万葉集』は、わたしたちに伝えてくれるのである。ことに万葉びとは噂が立つことに注意を払った。噂にはナイーブだったのである。

さて、このカップルは晴れてみんなに結婚を祝福されたのであろうか？　気になるところである。

顔色に出して、
恋い慕ったならば
みんなが知るだろう……。
心のうちの
隠し妻のことを――。

四　人生の「時」を歌う

旧《ふ》りゆくことを嘆《なげ》く

冬《ふゆ》過ぎて
春《はる》し来《きた》れば
年月《としつき》は

新《あら》たなれども
人《ひと》は古《ふ》り行《ゆ》く（作者未詳　巻十の一八八四）

古くなることを嘆く歌。毎年、除夜の鐘を聞くと、この歌が胸をよぎる。冬が過ぎて春がやって来た。春がやって来た、新しい年がやって来たおめでとう。人びとは声をかけ合うが、その分年は一つ増える。年は新しくなるが、人は老いていくのである。

一定の年齢を越えると、「もう、わたし、お誕生日が嬉しくない年だわ」と言う女性は多いが、数え年でいえば毎年、毎年、お正月には人は一つずつ年を取っていくわけである。人は、時に年を取ることを喜び、時にそれを嘆く。

この歌を学ぶ人が必ず想起するのは、初唐の詩人、劉希夷《りゅうきい》の「代白頭吟《だいはくとうぎん》」の有名な一節であろう。「年々歳々花ハ相似タリ、歳々年々人ハ同ジカラズ」。咲く花は毎年同じように見えるけれども、それを見る人間の方は同じではない。

これらの歌には、二つの時間が歌われているのである。一つはまあるい時間。つまり、一年経つと新しくなる時間である。一月、二月、三月、四月、五月、六月、七月、八月、九月、十月、十一月、十二月、そしてまた一月。それは、新しくなってゆく時間である。対して、わたしは昭和三十五年に生まれたが、翌年には一歳になった、その次の年は二歳となって現在は……。そのように直線的に進んでいく時間。

つまり、円環的な時間と、直線的な時間をわたしたちは生きているのである。まあるい時間の方は年々新しくなり、自分の年の方はもう新しくなるということはない。そういう暦の感覚を踏まえて人生を歌ったこの歌は、隠れた名歌ではないかとわたしは思っているのだが。

冬が過ぎて
春がやって来ると、
年月は
新しくなるけれども……。
人は古くなっていく——。

五　古きも、良し

物皆《ものみな》は
新《あらた》しき良《よ》し

ただしくも
人《ひと》は古《ふ》り行《ゆ》く
宜《よろ》しかるべし　（作者未詳　巻十の一八八五）

この歌は前の「冬過ぎて　春し来れば」の次の歌。当然、前の歌を受けている。物というのはできたてがいい、新品がいい、新しい方がいい。しかし、人間だけは古くなってゆく方がいい、と歌っているのである。

一首目の歌では、年は新しくなるけれども、人間は古くなっていきますね、と歌い、二首目では、いやいや物の方は新しいのがいいんだけれども、人間の方は古くなっていくのがいいんだよ、というように、第一首目で言ったことを否定しているのがおもしろい。つまり、一首目と二首目で一つのメッセージを発信しているのである。確かに若いということは素晴らしい。しかし、年を取っていくということもまた素晴らしいことである。考えてみると、わたしは十五歳の時にはわからなかったことが三十歳になってわかったような気がするし、三十歳の時にわからなかったことが、やはり四十を過ぎてみてわかったような気がする。さらに、これから年を取っていくと思うが、そうなれば、今わからないことがまたわかるであろう。そのように、年を取っていくということをプラスに考えなくてはいけないよということを、この歌は教えてくれているのではないだろうか。

熊本に旅行した時に、ある畳屋さんの前を通りかかると、看板が目に止まった。看板には大きな字でこう書いてある。見ると、「畳替え　ばばも負けずに　化粧する」という川柳であった。「畳と女房は新しい方がいい」という諺を踏まえて、「畳替えをしてください。そうすればそこにいる老いた妻も化粧して若返りますよ」というコマーシャルである。なかなかうまいことを言うなぁと感心し、そして次にこの歌を思い出した。

人が年齢を重ねていくことをどのように見ているか。それもまた文化である。マイナス点ばかりを考えるのも一つの考え方であろうし、いやプラスの面があるんだよと考えてゆくのも一つのものの考え方であり、文化である。

つまり、万葉びとは、二つの時間の意味をよく知っていた人びとだったのである。

モノというものはみんな
新しい物がよいが……。
しかしながら
人は古くなるのがよろしかろうぞ。

六　美酒と梅と、良き友と

大伴《おほともの》坂上《さかのうへの》郎女《いらつめ》の歌《うた》一首

酒杯《さかづき》に
梅《うめ》の花浮《はなう》かべ
思《おも》ふどち
飲《の》みての後《のち》は
散《ち》りぬともよし　（大伴坂上郎女　巻八の一六五六）

この歌を読むと、「こんなに風流なお酒の飲み方が万葉時代にはあったのだなあ」と感心する。

「思ふどち」は、気心が知れた仲間たち。花は咲いていて、そしてお酒はある。しかも風流なことに杯に梅の花びらが浮かんでいる。周りにいるのは気心が知れた仲間たち。そんな楽しい宴会が終わってしまったら、もう散ってもいいよ。今さえ咲いてくれていたら、散ってもいいよと作者は歌っているのである。ずいぶん身勝手な言い方だが、今が最高ということを表現しているのである。おそらく、これは宴会の時に歌われた歌であろう。宴会の時に今がいちばん良い時ですねと歌うのは、宴を盛り上げるためである。これは宴会の歌の鉄則でもある。

梅の花は外来植物で、貴族の邸の庭に咲いていた花だった。梅の花が庭にあるということは、今でいうならば、高級外車を持っていることに近いだろう。つまり、梅の花があることは貴族たちにとっては誇りだったのである。その梅の花の咲いている庭にみんなが集まって、お酒を飲む……それほど楽しいことはない。

もちろん、いろいろな宴会がある。帰ってきた後に、どうも肩が凝って、あの宴会はつまらなかったなあとボヤきたくなる宴会もある。何か形式ばっていたり、やたらいばる人がいると、こちら側は気ばっかり使っておもしろくない。それに対して、日頃から仲良くしている人たちだけが集まり、美味しいお酒、そして素晴らしい花があったりして、そこでわいわいがやがやと言いながら飲むお酒は百薬の長。なぜか満たされた気分になる。

この時代の人たちも仲間たちで楽しくやる宴会を好んだわけである。そういう宴会のスナップ写真の一こまがこの歌であると、わたしは思っている。

杯に
梅の花を浮かべ……

気心の知れた仲間たちと
飲んだ後は――
花は散ってしまってもかまわない！

七　遠き都を讃える

大宰少弐《だざいのせうに》小野老朝臣《をののおゆあそみ》の歌《うた》一首

あをによし
奈良《なら》の都《みやこ》は
咲《さ》く花《はな》の
薫《にほ》ふがごとく
今盛《いまさか》りなり　（小野老　巻三の三二八）

なんといっても奈良の都を讃える名歌といえば、この歌。平城京を讃える歌としてあまりにも有名である。しかし、この歌がどこで歌われたかということに、注意を払う人は少ない。実は、この歌は、九州の大宰府で歌われた歌である。おそらくは宴席、役人たちがお酒を飲んでいる場で挨拶のような形で歌われた歌だと考えることができる。

題詞に「大宰少弐」という官職名が出てくるが、少弐という身分は大宰府の次官、つまりナンバー2に当たり、かなりの高官といえる。その小野老が「奈良の都は咲く花が照り輝くように今真っ盛りである」と歌っているのである。

「あをによし」は、奈良にかかる枕詞。「あをに」は、赤と青と考える人が多いが、青い土と考える方がよい。奈良を褒め称える時に、青い土がよいという言い方で褒め称えているわけである。

「薫ふ」は、照り輝く美しさ。「におう」というと、現在では嗅覚で、鼻で感ずる臭いであると考えがちだが、古代においては嗅覚ではなく視覚。つまり、照り輝くような美しさのことをいう。色が発散して外に出ているような美しさである。たとえばミラーボールのようなものに光を当てると外にぱーっと光が広がる。そういうようなイメージで捉えてもらってもけっこうである。

さて、この歌を考える時に、幾つか問題点がある。まず、咲く花が何か。一つの考え方として、これは藤ではないかという説がある。しかし、わたしはこれは象徴的に奈良の都が栄えているということを表しているから、花もひじょうに象徴的でポピュラーなものでなくては困ると思う。そうすると、やはり桜であろう。桜の花が咲いて、まさに春爛漫ということで、その春爛漫ということと都が栄えているということを重ね合わすところに、この歌の妙というものがあるのではないか。

次に重要なことは、なぜこういう歌を小野老は歌ったのだろうかということ。これは、おそらく一つは九州大宰府に赴任して望郷の気持ちが高まったのであろう。つまり、都には自分の家族、親戚、友人たちを残している。地方に赴任している人たちは、そのことが不安で不安でたまらない。そこで、自ら「今盛りなり」と、歌うことで、自分で自分を安心させようとしたのではないか。

そして、これを聞いている役人たちもまさに老と同じであって、奈良の都に自分の家族や親戚や友人たちを置いて、ここに赴任しているのである。そういう役人たちにとっては、奈良の都が今どういう状態にあるかということは、ひじょうに重要なことなのである。

ひょっとすると、小野老は赴任したばかりだったかもしれない。みんなは奈良の都の様子を聞きたがっている。そこで、赴任したばかりの小野老の歓迎会を開く。挨拶に立った小野老は、「あをによし　奈良の都は　咲く花の　薫ふがごとく　今盛りなり。今真っ盛りですよ、皆さん心配なされますな」とこの歌を詠んだのではなかろうか。

そのように考えてしまうと、いささか想像が過ぎると言われるかもしれないが、この歌にはそういう役人たちの望郷の思いが込められているのである。かくなる歌をわたしたちは現在、平城京讃歌として読んでいる。

あをによし
奈良の都は……、
咲く花が
照り輝くように
今が盛りである——。

八　ただ、真っ直ぐに

かにかくに
物《もの》は思《おも》はじ
飛驒人《ひだひと》の
打《う》つ墨縄《すみなは》の
ただ一道《ひとみち》に　（作者未詳　巻十一の二六四八）

「かにかくに」は、あれやこれや。飛驒人とは、飛驒からやって来た飛驒の工匠《たくみ》のこと。飛驒といえば、名工の里。有名なのが左甚五郎である。さかのぼって飛驒は、おそらく奈良時代あたりから、木工技術では秀でた地域だったのであろう。そして、その飛驒の職人さんたちが都で腕をふるったのであろう。つまり、飛驒人といえば優秀な木工職人ということになっていたのである。

最近は墨縄を使って木を切ったりする大工さんが少なくなった。墨縄というのは、木工には欠かせない道具である。糸に墨を染み込ませて、両側から引っ張り、ぴーんと引っ張ったところで真ん中をつまみ、手を離すと、反動で木に真っ直ぐな線を引くことができるが、これが墨縄である。この原型は、すでに奈良時代にあり、正倉院には「墨斗《ぼくと》」がある。

飛驒の名工たちが打つ墨縄は、ただ一本道に真っ直ぐ線が引けている。そのように、わたしは一本道に思い続けましょうというのである。なんともすがすがしい歌である。つまり、真っ直ぐ生きよう。いろいろ物を考えずに、一本道で行こうということを墨縄の一直線にたとえているのである。

わたしは男なので、どうしても男の歌として読んでしまう。好きな女性を思う歌に。わけありの恋、人には人それぞれの事情がある。しかし、ここまで好きになったんだったら、もう一直線、一本道で突き進むぞという時に、この歌を詠んだのではないか、とわたしは想像する。そう話したら、「いえいえ、女の人だってこういう気持ちになりますよ」と女子学生からさとされた。

この歌の一つの妙は、たとえが具体的であることだと思う。木工技術で優秀な飛騨の工匠が打つ墨縄であるから、真っ直ぐ、その真っ直ぐなようにと畳みかけるので、表現が具体的でわかりやすいのである。

成人式の時に、「上野先生、何か短いお話をしていただけませんか」と言われることがある。そういう時にわたしはこの歌を読んで、新成人の人に少しお説教をする。随分嫌がられているのではないかと思うが、その時にわたしはこう言うことにしている。「これまでは、いろんなことを勉強して……こういう可能性もある、ああいう可能性もあると、いろんなことを考えてきたと思いますが、二十代の半ばを過ぎれば職業人としてしっかり一本立ちしていかなければなりません。その時には、一つの専門分野というものを持って、その道のプロにならなければなりません。だから、一本道でその方向に進んでいく気構えがなくてはなりませんよ。これからは」と話し、この歌を説明することにしている。

ただし、歌った本人が、それで晴れ晴れとしたかというと、それはまた別物であろう。もやもや……としているからこそ、こういう歌で踏ん切りをつけて、さあ、前に進んで行こうと思うのではないか。この歌を歌った時にはすっきりしていた、と考えるよりも、こういう歌を歌ってすっきりした気分で前に進んでいったのではないか、とわたしは思う。

あれやこれやと
これからは物は思いますまい――。
飛騨人が打つ
墨縄のように……
ただ、一本道に思い続けよう。

九　若菜摘み

煙《けぶり》を詠《よ》む

春日野《かすがの》に
煙立《けぶりた》つ見《み》ゆ
娘子《をとめ》らし
春野《はるの》のうはぎ
摘《つ》みて煮《に》らしも　（作者未詳　巻十の一八七九）

春日野は平城京の時代、都の東にある役人たちの行楽地であった。若菜を春に摘んで煮て食べるのは、年中行事の一つで、大切な農耕儀礼の一つでもあった。

すなわち春に出てくるヨメナををとめたちが摘み、それを煮て、みんなで食べる、美味しいお酒も飲む、そして夜明かしをする。そういうところに、翁や天皇が現れて、をとめたちに対して求婚をする。をとめたちはそれを儀礼的に承諾する。すると、春の花嫁がここで誕生。春の花嫁が誕生すれば、秋には豊作まちがいなし。万葉びとはそう考えたのである。

『万葉集』の巻一の一番は雄略天皇の若菜摘みの歌である。それと同じように、たとえば春日野でも、天皇や翁に扮した人がやって来て、をとめたちに結婚を申し込むという年中行事が毎年行われていたのではないだろうか。つまり、一方で儀礼としての性格を持ち、一方では行楽、遊覧、野遊びの性格を持つ。それが実際の古代の若菜摘みだったのである。

そういう若菜摘みが、春になると行われることがわかっているから、春日野の方向から煙が立った時には、ああ、をとめたちが若菜を煮て食べる宴が行われているんだな、野遊びが行われているんだなあ、若菜摘みが行われているんだなあ、とみんな思ったのであろう。

少し離れた場所から春日野を見て、この歌の表現をかみしめて欲しい。たとえば平城京跡から春日野の方向を見ると、若草山、御蓋山、そして続く山並みの麓が春日野であると確認することができる。そこから煙が立ったのを見て、役人たちは、若菜摘みが行われているんだなあと想像したのである。「あれは何の煙？」「それは若菜摘みの煙だよ」という万葉びとの声が聞こえてきそうな歌である。

春日野から、
煙が立っているのが見える……。
をとめたちが、
春の野の
嫁菜を摘んで煮ているのだろう。

第七章　過ぐせど過ぎずなほ恋ひにけり

一　桜の枝を折ったのは……

藤原朝臣広嗣《ふぢはらのあそみひろつぐ》が桜花《さくらばな》を娘子《をとめ》に贈《おく》る歌《うた》一首

この花《はな》の
一《ひと》よの内《うち》に
百種《ももくさ》の
言《こと》ぞ隠《こも》れる
凡《おほ》ろかにすな　（藤原広嗣　巻八の一四五六）

娘子《をとめ》が和《こた》ふる歌《うた》一首

この花《はな》の
一《ひと》よの内《うち》は
百種《ももくき》の
言《こと》持ちかねて
折《を》らへけらずや　（作者未詳　巻八の一四五七）

藤原広嗣といえば、後年藤原広嗣の乱を九州で起し、最後は捕らえられて殺される運命にある人物。その人物がまだ都にある時に桜花を娘子に贈った歌。そして、その返事の歌。おそらく、桜の枝に歌をくりつけて贈ったのであろう。「一よの」「よ」には様々な説があるが、一説に花びらの古語とするものがある。この説にしたがえば、この花の花びらのうちにはということになる。「百種の」は、たくさんのという意味。たくさんの言葉がこもっているのですよと解釈できる。「凡《おほ》ろかにすな」は、粗末に扱ってくださいますなの意。

藤原広嗣は、宴席などで見かけた気になる美女に桜の枝を折って、この歌を付けて贈ったのであった。

広嗣歌の表現は、取りようによっては、たいへん高圧的な態度を反映しているともいえる。俺の気持ちがわかっているだろうな、というような高飛車な言い方に受け取れないでもない。さらに言えば、水戸黄門などに登場する悪代官よろしく、わしの気持ちがわかっておろうものを……というような権力を笠に着た感じで、無理強いをするようなところも感じられる。

それに対して、娘は堂々と答える。広嗣の思わせぶりな言い方を逆手にとって、はぐらかしている。ひじ鉄をかましした感じでもある。

しかし、万葉びとにだまされてはいけない。このような歌が交わされたということは、実は周知の仲だった可能性もあるのではないか。こういう歌を贈答しあって、互いの気持ちを探り合っていたのかもしれないのである。このような歌の贈答が続けば、おそらく二人は結ばれたのではないか。

それにつけても、この藤原広嗣の言い方には、なかなか意味深なところがある。花びらの中に全ての言葉が詰まっているという言い方で、「俺の気持ちは言わなくてもいいだろう、わかってくれ」と言うのだから。対する娘子の方は、「はいはい、わかってますよ、それだけ多くの言葉があるからこそ、枝が折れたのではありませんか」と軽くいなしているのである。この勝負、返し技で一本、娘子の勝ちだとわたしは思う。

この花の
花びらのうちには
俺さまのたくさんの言葉が詰まっている……
だから、粗末に扱ってくれるなよ。

あなたさまはわたしに
言いたいことが山のようにおありになって……

結局、桜の枝を
折られたのではございませぬか——。

二　恋は、ひとつ

忘《わす》るやと
物語《ものがた》りして
心遣《こころや》り
過《す》ぐせど過《す》ぎず
なほ恋《こ》ひにけり　（作者未詳　巻十二の二八四五）

「忘るや」は、恋の苦しみを忘れることができるかなあという意味である。「物語り」は、世間話をすること。「心遣り」というのは、心をそちらの方に向けるという意味である。

自分一人でじーっとしているよりも、人と話しているうちに気が晴れてくるということもあるから世間話をしてやり過ごそうと思っていたが、そうやってみても、やはり恋しい。

そういう思いが伝わってくる歌である。何か別のことに打ち込んでいる間に忘れてしまうというような恋は、ほんとうの恋ではないのかもしれない。ほんとうの恋は、そういうことをすればするほど、相手のこと、相手の姿が目に浮かんでくるようなものではないか、と思う。

歌とは不思議なもので、自分の心を映す鏡のような側面を持っている。男子学生に聞いてみると、みんな、これは男の歌に違いないという。女子学生たちに聞くと、女子学生の方もほとんど女の歌であるという。だから、これは多かれ少なかれ、誰もが心の中に秘めている経験なのである。これは男にも女にも共通することで、ついついこの歌を読むと自分の事だと思ってしまうのである。「ある、ある、そういうこと。忘れようとしたって忘れられないことあるよね。人と話して気を紛らわそうとしたって、ますますその人のことが思われることがあるよね」と思わせる力がこの歌にはある。

そして、最後に、うち消そうと思っているんだけれども、これは逆効果だった。ますます自分の恋心を高まらせてしまったという結末を、この作者自身が告白しているのである。

ありきたりのことではあるが、恋は人それぞれ。どれ一つとして同じ恋などない。しかし、恋というものは共通点を持っている。この歌でいうならば、忘れようとすればするほど、相手のことが気にかかる、ということであろうか。

恋は一過性的なもの、個人的なもの、一人一人のものである。しかし同時に、恋の気持ちというものは多くの人びとが共感する気持ちでもあることが、この歌からわかる。

忘れることもあろうかと
人と世間話などをして、
気を紛らわせて
物思いを消し去ってしまおうとしたが……
一層恋心は募るばかりだった——。

三　淡い恋心

降《ふ》る雪《ゆき》の
空《そら》に消《け》ぬべく
恋《こ》ふれども
逢《あ》ふよしなしに
月《つき》ぞ経《へ》にける　（作者未詳　巻十の二三三三）

巻十の冬の相聞のはじめに出てくる柿本人麻呂歌集に収載されていた歌。「降る雪の」は、雪などにかかる序ないし枕詞と考えてよいが、この歌の場合には密接に下の内容と関わっている。「空に消ぬべく」は、空に消え入るようにの意味。「よし」は、方法。

この歌のおもしろさは、自分の恋心を雪にたとえている点である。しかも、ここで表現されている雪はどんどんと降り積もるような雪ではなく、地上にたどり着くまでに消えていくような雪である。つまり、空中で消え入るばかりの恋心というのが、この歌に表されている恋心である。それはなぜか。会うすべもない切ない恋だからである。

つまり、会うこともできず、ただ思い続ける自分の恋心というものは途中で消え入ってしまい地上にたどり着くこともない雪のようだといっているのである。

万葉の恋歌というと情熱的な歌という先入観を持ってしまうが、この歌のような消え入るような恋心を歌った歌も多いのである。

と、ここまで考えてみて、もしこの歌に題をつけるとすれば何とつけようか。わたしなら「淡い恋心」とつけるだろう。

降る雪
空中で消えいってしまうような雪、

そのように恋いしたうのだが……
会う方法もなく
数カ月を経てしまった――。

四　愁いの雪

舎人娘子《とねりのをとめ》が雪《ゆき》の歌《うた》一首

大口《おほくち》の
真神《まかみ》の原《はら》に
降《ふ》る雪《ゆき》は
いたくな降《ふ》りそ
家《いへ》もあらなくに　（舎人娘子　巻八の一六三六）

舎人娘子は、どういう人物なのか皆目わからない。しかし、この歌の格調を見ると、なかなかの歌いぶりである。

「大口の」は真神にかかる枕詞。口が大きいということで「真神」すなわち山犬、オオカミにかかる。「な～そ」で、相手に対して望む禁止の表現で「～してくれるなよ」と訳すことができる。

大口の真神の原は明日香の一帯を指す原っぱと考えればよい。宮のところは家が密集していただろうが、そこから少し離れれば、原っぱになっていたのだろう。そこで作者、舎人娘子は雪にあった時に、雪に対してこう呼びかけたのである。

「ああ、雪が降ってきた。これから先、雪が止むまで待つような家もない。そんなところで雪に降られたらたまったものではない。だから、雪よ降らないでおくれ」と。

どんな思いで、彼女は雪が降り止むのを待ったのだろうか。いや、待たずに意を決して雪の中を突き進んでいったのだろうか。それはわからない。

歌舞伎の演出では、雪のシーンになると、太鼓がどんどんどんと鳴る。なぜか、その太鼓は淋しく、雪を感じさせてしまうのである。淋しく感じると同時にわたしの場合は、この歌のことを思い出す。

大口の
真神の原に
降る雪は……、

たいそういたく降らないでおくれ。
家もないのだから――。

五　歌で、遊ぶ

天皇《てんわう》、藤原夫人《ふぢはらのぶにん》に賜《たま》ふ御歌《みうた》一首

我《わ》が里《さと》に
大雪降《おほゆきふ》れり
大原《おほはら》の
古《ふ》りにし里《さと》に
降《ふ》らまくは後《のち》　（天武天皇　巻二の一〇三）

天武天皇と藤原夫人との有名なかけ合いの歌。その第一首目で、天皇が藤原夫人に対して呼びかけた歌である。藤原夫人は藤原鎌足の娘で、天皇の妻の一人となり、夫人の位を得ていた。夫人は妃と嬪との間に位置する位で、聖武天皇の光明皇后以前は天皇の妻の中では、皇族以外の出身で望みうる最高の地位であった。

万葉びとは雪が降るとはしゃぐ人びとであったというのが、わたしの雪に対する一つの考え方なのだが、この時の天武天皇も、雪が降ったことを子供のようにはしゃいで、妻の一人である藤原夫人に「自分の里には大雪は降るが、あなたの方の里には後で降るんでしょう」と歌を贈ったのである。

しかも「古りにし里」というのは、だんだん人が住まなくなって古ぼけていった田舎のことをいうから、大原なんていう田舎に降るのは後でしょうけどねと、藤原夫人がいる大原をおとしめているのである。自分のところをよく言って、相手のところを悪く言っているのであるが、天皇がいるであろう明日香と大原は、ココとソコという関係でそんなに離れているわけではない。しかし、近いにもかかわらず、このような歌を夫人に贈り、夫人を挑発しているのである。つまり、当該歌は藤原夫人を挑発する歌であると考えることができる。

そこで、藤原夫人はこう答える。当然お返しをしなくてはならないのである。

「我《わ》が岡の　龗《おかみ》に言《い》ひて　降《ふ》らしめし　雪《ゆき》の摧《くだ》けし　そこに散《ち》りけむ」（巻二の一〇四）。

わたしの丘の水神に言って降らせた雪、その雪が砕けて散ったのがそこに今降っているんですよ。雪ということなら、わたしのところに先に降って、あなたのところにはその砕けた方がいっているんじゃないですか。こちらこそ雪の本家ですよ。あなたの方が後ですよ、と逆襲しているのである。

これは、天皇の挑発を受けて、夫人が仕返しをした歌である。つまり、歌でやり返したのである。

注目したいのは、夫婦でしかも近くにいながら、このような歌をやり取りをするという行為についてである。つまり、近くにいるのに歌で遊んでいるのである。

携帯電話で話している人に、近くにいるのだから直接話したらどうですか、と言うといやいや携帯は携帯でまたおもしろいんですという人が多い。

そういえば、昔授業中にメモ書きで、筆談をして遊んだものだ。今の学生さんはメールだが……。

わたしの里に、
大雪が降ったよ……。
大原の
古ぼけた里に降るのは、
後でしょうけどね――。

六　恋の小道具

人《ひと》の見《み》る
上《うへ》は結《むす》びて
人《ひと》の見《み》ぬ
下紐《したびも》開《あ》けて
恋《こ》ふる日《ひ》ぞ多《おほ》き　（作者未詳　巻十二の二八五一）

巻十二の「物に寄せて思ひを陳ぶる」歌の中の一首。

これだけでは何のことかわからないが、これまでにも見てきたように紐をめぐる古代の習俗をあらかじめ知っていれば、歌の意味もわかってくる。万葉びとは紐が自然にほどけるのは、恋人に会うことができる前兆であると考えていた。その俗信を裏返して、自分でわざと紐をほどけば、恋人に会うことができるのではないかとこの歌の作者は考えたのである。

ただし、それを上着の紐でやってしまえば、ああ、あの人は恋人が来るのを待っているのだろうと口うるさい連中に察知されてしまう。したがって、人が見ることのない下着の紐をほどいておいて、「恋人が来ますように」とお祈りをしていたのである。

なんとも切ない思いである。

会えるか会えないかということを占うことでいえば、花びら占いというものがある。会える、会えない、会える、会えない……と言いながら花びらを一つ一つむしっていって、最後にどちらが残るかということで、会えるか会えないかということを占う、あの占いである。

中学生の時にこんなことが流行っていた。卒業の時に、好きになった先輩のボタンをもらうと、その人と恋人関係になれるというのである。さらには学生服の上から二番目のボタンをはずしておくと、恋人募集中の印であるとか。紐やボタンは今も昔も変わらぬ恋の小道具なのである。

人の目に付く……
上着の紐は結んでおいて、
人が見ない……
下着の紐をあけて、
恋しく思う日が多い――。

七　記憶《メモワール》

夜《よ》に寄《よ》する

よしゑやし
恋《こ》ひじとすれど
秋風《あきかぜ》の
寒《さむ》く吹《ふ》く夜《よ》は
君《きみ》をしぞ思《おも》ふ

（作者未詳　巻十の二三〇一）

わたしは、『万葉集』を読む時に、この歌は今の演歌にあたるだろうか、この歌はフォークソングにあたるかな、この歌は流行歌にあたるかな、この歌は浪花節にあたるかな……と現在の音楽のジャンルに当てはめることがある。そういうわたし流儀の分類でゆくと、間違いなく、これはシャンソンに分類される。

女は、もうあんな男に惚れたりなんかしないわよ！　と心に決めたのだが、秋風が寒く吹く夜は、あなたのことが思われてならないと歌っているのである。三十一文字のなかによくぞここまで女心を盛り込んだかと感心してしまった。

秋風が寒く吹く夜。寒いなとふと感じた時に人は人恋しいと思うものである。

この「よしゑやし」という言い方は捨て鉢な言い方。もうあの人のことなんか、ええい、もうというニュアンスを含んでいる。対して、後半部との落差が、この歌の命になっている。

恋の歌というのは常に順調な時ばかりを歌うわけではない。また、失恋した時ばかりを歌うわけではない。このように一旦は、「ああ、もうどうしようもない」と捨て鉢に思っても、何かをきっかけとして、またその人のことが思い出されるということもある。この場合は、そのきっかけが秋風だったということである。秋風の寒さが彼氏の記憶を蘇らせたのである。

現在、わたしたちは空調設備がいきとどいたビルの中で生活をしている。だから、夏は暑い、冬は寒いというようなこともなく生活をしている。そういう生活をするわたしたちにとって、何が恋の記憶を呼び起してくれる小道具になるのか、いささか不安に思ってしまう。

万葉びとが秋風に接して忘れかけていた恋人のことを思い出したように、現代人は何に接して忘れかけていた恋というものを思い出すのだろうか。

もうしょうがないわね！
恋などするものか――。
でも、秋風が寒く吹く夜は、
アナタのことが思われる……。

八　あなたの心のままに

かにかくに
物《もの》は思《おも》はじ
朝露《あさつゆ》の
我《あ》が身一《ひと》つは
君《きみ》がまにまに（作者未詳　巻十一の二六九一）

「かにかくに」は、このようにあのようにということ。

「朝露の我《あ》が身一つ」という言い方で、朝露のようにはかないわたしの命ということを表

現している。つまり、朝露というものははかないもののたとえなのである。朝、露として
そこにあっても、昼には消えてしまうものだから、わたしの消え入りそうな身ということ
になる。「君がまにまに」は、あなたのお心のままです、ということ。

この歌は、演歌ではないか、と思う。歌の名前は忘れたが、「あなた任せの夜」という
演歌のフレーズがあったと思う。もうこうなってしまったら全てはあなた任せです、とい
うような気持ちがこの歌には込められている。

恋というものには、必ず悩みというものがつきまとってくる。そして、あれやこれやと
悩みながら、ある時に吹っ切る時がやって来る。

それがまさにこの歌の世界である。「もうあれやこれやと思いますまい」というのは、
その吹っ切れた瞬間なのである。その瞬間からあなたのお心のままにとなるのである。自
己という存在が消え去ってしまって、全てはあなたの気持ちのままにと言った時に、人は
初めて恋の悩みから解放されるわけである。悪く言えば、それは思考停止ということには
なるが……。そうなると、自分の身は、全てあなたに預けてしまいますよという状態にな
るのである。

恋というものは、初めは自分が好きというところからはじまる。自分、自分、自分、好
きだ、好きだ、好きだという感情からはじまる。そして、最後は自分が消えてしまって、
全ては好きな人のために、もう全てをあなたに預けます、という状態になるのである。

さて、こういう恋歌をわたしがもらったら、どう思うか。「え、それだけわたしのところに身を預けてくれたら」と、いたく感激するのだろうか。それとも、少し引いて、「えー、そこまで思われてしまっては……」ということになるか。考えるだけで、ぞくぞくしてしまう。

ああだこうだと
もう物思いはしますまい――。
朝露のように
はかないわたしの命は……、
あなた任せでございます。

第八章　満ち盛りたる秋の香の良さ

一　秋の香

芳《か》を詠《よ》む

高松《たかまつ》の
この峰《みね》も狭《せ》に
笠立《かさた》てて
満《み》ち盛《さか》りたる
秋《あき》の香《か》の良《よ》さ　（作者未詳　巻十の二二三三）

「高松の」は、地名。奈良市の高円《たかまと》山をタカマツと発音することもあったのではないかという説もあるが、この高松は不明というほかない。「笠」というのは、これはキノコの笠のこと。「満ち盛りたる」は、満ち溢れて盛りであるということである。

秋のキノコのうち、日本にあるもので、最も素晴らしい香りを持っているものということなら、松茸だろう。そうすると、この歌は松茸を詠んだ歌ということになる。つまり、この説にしたがえば、『万葉集』には一首だけ、松茸の歌が存在することになる。なんとも、素晴らしい世界である。つまり、峰があって、その峰も狭しと見渡す限り、みんな松茸というような状態なのであろう。松茸の笠が開いて、見渡す限り松茸というなら、その匂いというものはいかばかりか。これこそ満ち溢れている秋の香りである。

こんな光景が実際に存在するのかとかつては思っていたが、丹波篠山の古老からたしなめられたことがあった。「いやいや、かつての松茸山というのはそういうものですよ。もうあまりにも疲れてしまって、半分ぐらい採ったら止めて帰ってしまうというぐらいに松茸というのは群生して生えていたものですよ」と教えてくれた人がいたのである。そういう時代もあったのだろう。

ということで、この歌の表現は誇張ではないということがわかった。わたしも一度でいいから、そんな松茸が群生している峰を見てみたいと思う。そして、秋の香りを楽しんでみたい。

高松の
この峰も狭しと、
松茸の笠が開きさって
今が盛りと、

満ち溢れている……
秋の匂いの良さ。

二　季節の色

山《やま》を詠《よ》む

春《はる》は萌《も》え
夏《なつ》は緑《みどり》に
紅《くれなゐ》の
斑《まだら》に見《み》ゆる
秋《あき》の山《やま》かも　（作者未詳　巻十の二一七七）

「春は萌え」は、春の草萌える様子のこと。草木が芽吹いていく様子を、炎が燃え上がるようだと表現している。つまり、「草萌ゆる春」というわけである。夏はその山の緑がだんだん濃くなってゆく季節。そして、紅のまだらに見える秋の山とは、紅葉のことである。

そうすると、この歌が歌われた季節はいつか。それは、秋である。本人の目の前にあるのは、紅がまだらに見える秋の山である。眼前の光景を見て、それから、目をつぶってみて春は萌え、夏は緑に……と回想しているのである。

映像的な歌といえるだろう。映画なら秋のカットが映り、次に春の景色が映し出され、そしてそれがだんだん変わり、夏の景色となる。そして、最後は紅葉になる。わたしが映画監督なら、ここでカメラを引いていって、今この山を見ている作者を映し出すだろう。

一見、何でもないような歌だが、四季の移ろいが一首の中に歌われているおもしろい歌ではないかと思う。この歌を読むと、いつも思い出す山がある。それはわたしの研究室からも見える奈良の若草山である。若草山では、毎年一月に山焼きが行われる。山焼きが終わった若草山は真っ黒。それから草の新芽が出てきて、黒からだんだんと緑色になり、夏になると緑が眼にしみる。そしてその後、その草が枯れてくる。すすきの若草山もまたいい。

だから、この若草山のことを少ししゃれた言い方で、五色山と言うことがある。五色の彩をもった山ということである。

さらにこの歌で、わたしが思い出すのは、大和三山。大和三山が紅葉した姿を一度見てみたいという東京の友人がいるが、大和三山の紅葉も実に見事である。「あ、やはり、これはまさに夏の香具山だなあ、春過ぎて夏来るらし白たへの衣干したり天の香具山、の真っ白い衣が似合う緑色の香具山だなあ」と思っていると、秋になり、紅葉の季節。その時は、紅葉の香具山もまたいいなぁ――と思ったりもする。

そのように一つの場所で様々な季節の色を日本人は楽しむ。そしてそれを歌の中に詠み込んでまた楽しむ。かえりみて、この歌は複数の色を一首の三十一文字の中に織り込み、そしてそれを映像としてわたしたちに見せてくれるのである。つまり、これは心の眼で見た歌なのである。

かつて、ある方から「お茶室にかける万葉集の歌を一つ選んで欲しいのですが……」という依頼を受けたことがある。わたしはその時はこの歌を推薦した。それぞれの季節をそれぞれの季節に楽しむということがお茶の世界でも大切だろう、とわたしなりに思ったからである。

春は萌え、
夏は緑に……。
そして今、紅のまだらに見える
秋の山――。

三　時が止まる時

物思《ものおも》ふと
隠《こも》らひ居《を》りて
今日《けふ》見れば
春日《かすが》の山《やま》は
色付《いろづ》きにけり　（作者未詳　巻十の二一九九）

この歌の意味するところを簡単に言えば、わたしが物思いに耽っている間に春日の山は紅葉していたことよ、ということになろうか。恋する人の時間は止まっているのである。そのことをこの歌は、わたしたちに教えてくれる。

わたしは、よく学生に、「一度でいいから時間を忘れて読書をしたり、勉強をしたり、そういうことがあってもいいのではないか」という説教をする。とくに、夏休み前に。

有名な学者が一生懸命研究に打ち込んで正月を忘れていた。外に出て、門松で正月を知ったという話がある。一つのことに集中している人間には時間が止まっているが、その間も時は流れている。世俗を流れる時間と、自分の時間というものが違うこともあるのである。

つまり、家に居て物思いをしている人には、その物思いをしている人の時間というものが流れているのである。外の季節は外の季節。世俗の時間は世俗の時間として……とうとうと流れる。そのように、自分だけの止まった時間を持つということは、素晴らしいことだ。

人生の時間というものは一定に流れてゆくものではない。一つに集中して、ああ、時の経つのを忘れてしまったというようなこともある。

とある有名な小説家が「自分は小説を書き出してから、自分の時間というようなものがなくなった。全部作品に吸い取られてしまって、自分の時間がなくなってしまった。その時間はいったいどこにいってしまったんだろう」という話をしていた。そして「わたしが精魂こめて小説を書いている時間、すなわち人生から奪い取られた時間は読者の時間になって、そちらの方に流れ込んでいるのだ」と理解して自分をなぐさめていると、語っていた。

確かに小説を一生懸命書いている時は、時間が止まっているのだろう。

さて、この歌の作者は、どのような物思いで時間を止めていたのだろうか？

もの思いをして
引きこもっていて、
今日、ふっと外に出てみると……
春日の山は
色付いていた——。

四　はかどる恋

草嬢《くさのをとめ》が歌一首《いっしゅ》

秋《あき》の田《た》の
穂田《ほだ》の刈《か》りばか
か寄《よ》り合《あ》はば
そこもか人《ひと》の
我《わ》を言《こと》なさむ　（草嬢　巻四の五一二）

わたしは、この歌を読むといつもにやりと笑ってしまう。まず、草嬢という言い方にさまざまな説がある。一つの説は村娘。わたしもそれにしたがいたい。つまり田舎の娘さんの歌一首ということである。

稲刈り直前の状態にあるのが「穂田」。つまり、田植えをして、田の草取りを重ねて、そしていよいよ収穫を目前とした田圃が、穂田なのである。

「刈りばか」というのは、稲刈りをする時のその人個人のノルマ、分担量のことである。現在でも、たとえば、「はかどってますか?」というのは、その人の分担になっている仕事がどこまで進んでいますか? ということを意味する。「はかがゆく」とか「はかどる」ということは、決められた仕事量をこなしているということである。反対にこなすことができない場合には「はかがゆかない」ないし「はかどらない」のである。

つまり、「はか」というのは一つの区切られた場所を指す言葉なのである。そこから転じてその人の担当の箇所というようになった。「ここからここまではあなたの担当ですよ」と言われて稲刈りがはじまるのだろう。

この時代の稲刈りは、穂首刈り。つまり、稲穂の穂首だけを刈っていくという刈り方ではなかったかといわれている。つまり、担当者は、穂首を刈ってゆく。横には別の人の担当の場所があるはずである。お互いに話しながら稲刈りが進んでゆくに違いない。それぞれの刈りばかで稲刈りをしていると、互いに近寄ってゆくこともあるだろう。「か寄り合はば」というのはお互いに近寄ったらということ。「そこもか」は、そんなことぐらいでという意味。

この歌の状況を説明してゆこう。秋実った田圃の中に一人一人のノルマとなるべき場所が割り当てられる。「はか」が接する若い男女が隣同士で稲刈りをしているが、そのうちにだんだんと近寄ってくる。するとまわりの人たちは、「あれ、稲刈りが進行していくうちに二人はだんだん近寄って来たよ。二人は好き同士なんじゃないかな……」とはやしてる。だから、そんなことぐらいでみんなはわたしたちのことを噂するでしょうね、と歌っているのである。

わたしは農村の出身ではないので、稲刈りや田植えということはしたことはない。けれど、こんな経験はある。小学校は木造で、雑巾がけがあった。雑巾がけでは、担当の箇所が決められている。横に好きな女の子がいると、掃除をしているうちに、だんだんだんだんと好きな女の子の分担の場に近寄ってゆく。最後の方になると好きな女の子との境のところばかりを一生懸命拭いて、そこだけがきれいになるというようなことがあった。

幸いにまだ小学生だったので、恋の噂は立たなかったが、古代の農村では「あの二人はできているんではないか」という噂が、あちらこちらでささやかれたのではないだろうか。万葉びとも人の噂を楽しんでいたのである。

秋の田圃の
穂田の刈り分担。
お互いに近寄っていったら
そんなことぐらいで……
他の人は、
わたしたちのことを噂するでしょうね。

五　秋の花見

秋風《あきかぜ》は
涼《すず》しくなりぬ
馬並《うまな》めて
いざ野《の》に行《ゆ》かな
萩《はぎ》の花見《はなみ》に　（作者未詳　巻十の二一〇三）

秋風は涼しくなりました、と開口一番作者はこう述べる。秋風が心地よくなったとはじめに表現しているわけである。

秋風を万葉びとはどう表現したか。『万葉集』には「秋風寒し」の例もある。この場合は、秋風が寒く感じられるということだが、そこには秋風が淋しく感じるという気持ちも込められている。つまり、急に風が冷たくなって、孤独な気分になったというのが「秋風寒し」である。

対して、「秋風涼し」の場合は、心地よく感じるわけだから、淋しいというわけではない。そういう気候になると、みんなでどこかに行きましょうということになる。「さあ、野原に行きましょう。萩の花見に行きましょう」ということになるのである。実は萩は秋の野の花の代表なのである。つまり、野の花を見に行く秋の花見があったのである。

さて、この「馬並めて」は、馬を並べてという意味。簡単にいえば馬を連ねて行くということであるが、馬は今でいうと高級外車に匹敵するものであった。一般の庶民が簡単に馬に乗れるような時代ではないから、「馬並めて」は高級外車を連ねてぐらいの意味となる。だから、秋風が涼しくなったので、馬を並べて、萩の花見に行こうというのはたいへんなステータスであったと考えられる。

つまり、作者はオシャレでかつステータスのある花見に皆を誘っているのである。

秋風は
涼しくなりました……。
馬を連ねて、
さあ野に行きましょう、
萩の花見に。

六　敷物が傷むまで

独《ひと》り寝《ぬ》と
薦朽《こもく》ちめやも
綾席《あやむしろ》
緒《を》になるまでに
君《きみ》をし待《ま》たむ　（作者未詳　巻十一の二五三八）

女性がやんわりと、痛いところを突いて相手を皮肉っている歌。最近ご無沙汰気味で全く訪れがなくなった男に対して、チクリと刺しているのである。

お互いに抱き合って寝れば、床の敷物が傷む。なかなかこのあたり、言外に含まれているところは意味深長。ならば「独り寝」の場合は？

「綾席」は花ござと考えればよい。とすれば、その共寝をする床に敷いてある花ござがすり切れて紐になるまでという意味になる。ずいぶん床の上で長い時間寝て、そしてごろごろと転がらなければ、まさかござが紐になってしまうというようなことはないだろう。というより、あり得ない。それが、紐になるまであなたをお待ちしましょうというのである。あまりの誇張の表現に、一種のおかしささえもこみあげてくる。一見、布袋に包まれて針に当たるところは見えないが、贈られた男性をチクリと刺している歌である。

別の言い方をすれば、オブラートに包んであるが、中には苦い苦い薬が入っていて、彼氏の口に入ると苦い薬が口いっぱいに広がるような歌である。

つまり、独り寝の苦しみの歌を詠んで、相手をこちらへ振り向かせるのである。だから、表現は、いきおい挑発的、攻撃的なものになる。こういう歌い方は万葉時代の恋歌の一つのかたちである。ひとり寝は大変苦しいもの、待つことは苦しいものである。表向きにはおだやかで性の世界は描かないけれども、裏には何か熟し切ったような男女の関係を読み取ることができる歌である。当然彼氏が来るということになれば、きれいな、きれいな綾席を敷いて彼氏が来るのを待つわけであろう。その綾席がどういう花ござであったか、どういう模様であったか。わたしは万葉の世界を夢想する。

一人で寝ているだけでは、
床の敷物も傷むこともありますまい！
その綾席を敷いて、
紐になるまで……
アナタをお待ち申し上げましょう。

七　もう噂など……

草《くさ》に寄《よ》する

人言《ひとごと》は
夏野《なつの》の草《くさ》の
繁《しげ》くとも
妹《いも》と我《あれ》とし

携《たづさ》はり寝《ね》ば（作者未詳　巻十の一九八三）

「草に寄する」とは、草に寄せて自分の気持ちを表現するということである。「人言」は人の噂。草というものは冬には力がない。しかし、春には芽吹きだし、夏になると手が付けられないような茂り放題になる。人の噂が夏草のように茂る。すなわち、街が噂でもちきりとなり、手が付けられないような状態になるということである。このたとえは、なかなかおもしろい。

そしてこの歌の結論は？　あなたとわたしと手を取り合って共に寝たならば、というところで終わっている。そのあとに省かれているのは、手を取って寝ることができたら噂などは気にしないのだが……という言葉である。

さて、この歌はどのような時に歌われたのだろうか。わたしは以下のようなストーリーを想像する。人の噂を気にしている男がいた。女性もおそらく人の噂を気にしているのだろう。「人の噂なんか気にするのをやめようよ。だから、あなたとわたしと手を取り合って寝たならば、もうわたしは噂なんか気にしませんよ。あなたの方はどうですか？　お付き合いしていることをみんなの前に堂々と示していこうよ」と男が女に問いかける。噂が高くなって困っている状態で、それを吹っ切ろうと女に促す時に、このような歌を作るのではないだろうか。

さて、この呼びかけに対して女性の方はどのように反応しただろうか。「やはり、噂のことが気になるから」とか「お母さんのことが気になるから」と拒んだだろうか。それとも「いや、あなたがそこまでおっしゃるんでしたら、わたしはあなたにしたがいましょう」と言って、共寝に応じたのだろうか。それは、読者の一人一人が想像するしかない。

人の噂というようなものは
夏草のようなもの。
もうどうしようもないけれども、
もしあなたとわたしと
手を取り合って寝ることができたら……
（もう噂なんか気にしませんよ）

八　鳴門の乙女

大島《おほしま》の鳴門《なると》を過《す》ぎて再宿《ふたよ》を経《へ》ぬる後《のち》に、追《お》ひて作《つく》る歌《うた》二首（のうちの一首）

これやこの
名《な》に負《お》ふ鳴門《なると》の
渦潮《うづしほ》に
玉藻《たまも》刈《か》るとふ
海人娘子《あまをとめ》ども

（田辺秋庭　巻十五の三六三八）

遣新羅使人の歌。作者の田辺秋庭《たなべのあきには》について詳しいことは全くわからない。『万葉集』に、この秋庭という名前を伝えるだけで、他にこの人を知る史料がないのである。しかし、わたしたちはこの歌によって、田辺秋庭という人が『万葉集』の時代に存在したことだけはわかる。『万葉集』には『万葉集』だけに歌と名前をとどめて、それ以外に全く史料のない人物も多い。どういう人物であったかを研究する手がかりすらもない人も多い。

この「大島」は山口県柳井市東の大島。「題詞」によれば大島の鳴門というところを過ぎて二晩を経て、そして、二日前のことを思い出して作った歌ということになる。「これやこの」というのは、話を聞いて知っていたものを実際に見た感動を表す表現。「名に負ふ」は、名前を背負っているということで、つまり有名なということである。

有名だったのは阿波の鳴門の渦潮だけではなかったのである。そして、激しい渦潮の中で、ワカメなどの海藻を採るをとめたちも、渦潮とともに有名だったのだ、と思う。都では「大島の鳴門の渦潮は凄いぞ。しかもな、その激しい渦潮のところで、なんとをとめたちが玉藻を刈っているらしいぞ」と話題になっていたのであろう。

旅行の楽しみといえば、知らない土地に行って、知らないものを見る、ということに尽きる。そして、もう一つの楽しみは、聞いたことはあるけれども、行ったことのない土地に行くことである。

書名も忘れてしまったが、中学生の時に読んだ小説にこんなシーンがあった。それは、ラベンダーの畑を少女が駆けてゆくシーンである。以後、一度でいいから、ラベンダーの畑に行って、そこを走ってみたいと思っているが、その夢は未だに果されていない。もしそれが達成されたら、「これやこの……」とわたしも歌うだろうか？

これがあの……
あの有名な鳴門の
渦潮の
玉藻を刈っているという……
海人をとめたちなのですね！

第九章　我が父母は忘れせぬかも

一　夜も昼もいとしき人よ

筑波嶺《つくはね》の
さ百合《ゆる》の花《はな》の
夜床《ゆとこ》にも
かなしけ妹《いも》ぞ
昼《ひる》もかなしけ　（大舎人部千文　巻二十の四三六九）

常陸《ひたち》の国の防人《さきもり》、那賀《なか》郡の上丁大舎人部千文《じやうていおほとねりべのちふみ》の歌。

「筑波嶺」は、現在の茨城県つくば市の筑波山のこと。言葉になまりがあり、「さゆる」は「さゆり」。「ゆとこ」は「よとこ」、「かなしけ妹ぞ」は「かなしき妹ぞ」と都の人ならば言うはずである。「筑波嶺のさ百合の花の」までが、「夜床《ゆとこ》」の「ゆ」を引き出すための序。つまり、「筑波嶺のさ「ゆ」るの花の「ゆ」とこにも」、というふうに「ゆ」を引き出すために「さゆるの花」の「ゆ」が序に据えられているのである。「かなし」は、いとおしいということ。現代語ではかなしというと、悲しいということになるが、古代においてはいとおしいということである。

この歌の心は、夜の床でいとおしく思っている恋人は昼でもいとおしいというところにある。で、それを引き出すために筑波嶺のさ百合の花から歌いはじめるのである。この「筑波嶺のさ百合の花」と「夜床」が上手く結びついている歌だとわたしは思う。つまり、女性の姿が、「さ百合」の姿と重ね合わされているのである。だから、決してこの「筑波嶺のさ百合の花の」のところまでが無用なものではないのである。イメージが重ね合わせられているのである。

「百合の花のような恋人のことを、わたしは夜の床でもいとおしく思い、昼でもいとおしく思います」などとぬけぬけと、よくみんなの前で歌うなあとわたしは思う。ぬけぬけと恋人を自慢する「遠慮」のないところが、この歌の楽しいところである。

筑波の山の
百合の花のような俺の彼女。
その夜の床でも
いとおしい彼女は……
昼でもいとおしい――。

二　共寝の朝に

白《しろ》たへの
君《きみ》が下紐《したびも》
我《われ》さへに
今日《けふ》結《むす》びてな
逢《あ》はむ日《ひ》のため（作者未詳　巻十二の三一八一）

愛し合っている男女が共寝をして、その別れ際に詠んだ歌。

「白たへの」は紐にかかる枕詞。「下紐」は下着の紐のこと。「我さへに」は、わたしまでも一緒にの意味。「今日結びてな」はわたしも今日結んであげましょうということである。

以下、その理由が詠まれている。すなわち、また会う日のために、である。

男女が共寝をして別れる時には、彼女は彼氏の下着の紐を丁寧に結ぶという行為によって、好きなんですよという気持ちを表したのである。

と同時に、それは丁寧に相手の下着の紐を結べば、また会うことができるという呪術でもあった。共寝が終われば自分の恋しい気持ちを表すために男性は女性の下着の紐を結び、女性は男性の下着の紐を結んだのであった。何ともほほえましい光景である。

この時に特殊な結び方をすれば、また会った時に、「この前はこのように結びましたね……」と話もしたことだろう。

この下紐が自然にほどける時には、もう会うのが近いことを表す良い前触れ、と考えられていた。だから、結ぶ時には自分の思いを込めて、相手の紐を結んだのである。また、相手も自分の紐を丁寧に結んでくれれば気持ちは通じあったということになる。

そういう古代の寝室で繰り広げられた男女の愛情の表現を、わたしたちは『万葉集』を通して垣間見ることができるのである。『日本書紀』や『続日本紀』のような歴史書は、そういうことは間違っても伝えてくれない。

『万葉集』の世界を多くの人びとに親しみやすく説かれた犬養孝先生は、よくこの歌を取り上げていらっしゃった。「皆さん、明日からはだんなさんが朝家を出る時に、ネクタイを結んであげてください。それが万葉風の愛情表現です」などと会場の女性に語りかけながら講演をされていたのを今更ながら思い出す。

わたしも一度でいいからそのように優しくネクタイを結んでもらえたらと思うのだが……。

アナタの下着の紐を
わたしも手を添えて……
今日は結んであげましょう。
また会う日のた・め・に。

三　触れず、思う

あからひく
肌《はだ》も触《ふ》れずて
寝《ね》たれども
心《こころ》を異《け》には
我《わ》が思《おも》はなくに　（作者未詳　巻十一の二三九九）

「あからひく」は赤い血潮がたぎるという意味。つまり、血行が良くて健康な肌ということになる。

「心を異には」は、心を別にはということで、あだな心をということである。これを女性の歌、男性の歌、どちらの歌と取るか、さまざまな説がある。ここでは仮に男性の歌としておこう。では、どのような時に詠まれた歌か？　なんらかの理由で相思相愛の二人が同宿をするということになった。しかし、男は肌にも触れず寝たのであった。それに対して、「いや、わたしはあなたの肌にも触れずに寝たけれども、わたしはあだな心を持っているわけではありませんよ。あなたのことが好きなんですよ」と朝になって告げたのである。

そこで、この歌にはどういう物語があるか。わたしはこの歌を読むといつもそういういきさつを想像する。

以上のように想像すると純情な青年の歌と捉えることができるかもしれない。相手のことを大切に思うがゆえに、相手の肌に触れないということもある。しかし、そうは言うものの、逆に女の方が肉体関係を望んでいるかもしれない。そこで、男の方は「君の健康な肌に触れなくて今日は寝てしまったけれども、心を別の人に奪われているわけではありませんよ」と弁解の言葉の一つも必要になってくるのだろう。

だから、わたしはこの歌を読むと、三島由紀夫の小説『潮騒』を思い出す。青春の一こま。いろんなケースがあるはずである。

つまり、人の一生というものは人それぞれ。また男女の出会いも人それぞれ。一回一回その出会いというものを異にしている。そんな出会いの一こま、そんな男女の時間の一こまが歌に切り取られて……恋歌になっているのである。

血潮のたぎる
肌に触れないまま
寝たけれども……、
あなた以外の人を
慕っているわけではないんだ——。

四　炎と恋と

草《くさ》に寄《よ》する

冬《ふゆ》ごもり
春《はる》の大野《おほの》を
焼《や》く人《ひと》は
焼き足《た》らねかも

我《あ》が心焼《こころや》く（作者未詳　巻七の一三三六）

「草に寄する」は、草に寄せて思いを陳《の》べるということ。「冬ごもり」は春にかかる枕詞。

さて、春の大野を焼く、とはどういうことをいっているのであろうか。それは、焼き畑の作業である。春に野原に火を入れて、木や草を焼き、その灰を肥料として、粟とかヒエなどの種を蒔いて収穫するのが焼き畑である。

『万葉集』の時代にも、焼き畑が行われていた。この農法では、焼ければ焼けるほど良い肥料ができるので、よく乾燥した日に火を入れる。すると見事な炎が舞い上がるのである。

そのような焼き畑を現在見ることはほとんどないが、毎年一月の奈良市の若草山の山焼きの火を見ていると、胸躍るものがある。その燃えさかる炎、炎に自分の恋心というものをたとえているのである。

つまり、この歌は恋の炎の歌なのである。「冬ごもり春」という言い方にまさに焼き畑の季節の到来という万葉びとの実感があると思われる。その春の大野を焼く人は焼き足らないのかなあ、わたしの心までも焼いている、というスケールの大きな歌である。

もし目の前で焼き畑を行っている男とそれを見ている女が恋愛関係にあれば、あの男《ひと》は焼き畑で野原を焼くばかりではなく、わたしの心までも焼いているわ、という歌になる。

また、これが単なるたとえであるならば、ああいう凄い炎でわたしの心を焼き尽くすような人が現れた……という歌となろう。

わたしの心は一月になるとそわそわ落ちつかない。今年の若草山の山焼きはいかならんと天気や草の状態を気にするからである。その時に、思い浮かぶのが、この歌である。

春の大野を焼く人は
焼き足らないのかなあ……？
焼き足らないから、
わたしの心までも焼いている。

五「恋い死ぬ」

思《おも》ひにし
死《しに》するものに
あらませば
千度《ちたび》ぞ我《あれ》は

死《し》に反《かへ》らまし　（笠女郎　巻四の六〇三）

笠女郎《かさのいらつめ》が大伴家持に贈った歌二十四首のうちの一首。

言い方がやや滑稽ですらある。つまり、わたしはこれだけあなたのことを思っているのですよということを言わんがために、恋で死ぬということならば、わたしは千回死んで、千回生き返ったことになります、と言っているのである。それほどわたしの思いは深いと言いたいわけである。

笠女郎は家持よりは身分が低かったようだ。しかし、家持のことを心から愛していたことがうかがえる。熱愛といってもよいだろう。だから、二十四首もの歌を贈っているのである。

その歌の中には、情熱的な歌も多い。それも滑稽なほどに情熱的な歌である。

千回死にますよ、というのは「恋い死ぬ」という言い方が当時存在していたからである。恋い死ぬというのは、死ぬほど恋しいということである。時として恋の病によって人は死んでしまうこともあると万葉びとは考えていた。

しかし、笠女郎は今生きている。自分が今生きているということは恋をして死ぬということなんて、ありやしないんだ。なぜなら、わたしはこんなに熱愛しているのに今生きている。というように「恋い死ぬ」という言葉を裏返して、自分の歌のなかに取り込んでいるのである。

この情熱的な恋歌をもらった家持はどのように反応したのだろうか。結局は、二人の関係は上手くゆかなかった。熱愛は、執念に転じやすく、たぶん家持の気持ちが冷めたのであろう。

恋の物思いで
人が死ぬと決まっているのでしたら……、
わたしは、
千回も死んでは生き返ったことになるでしょう。

六　心変わり

厚見王《あつみのおほきみ》、久米女郎《くめのいらつめ》に贈《おく》る歌《うた》一首

やどにある
桜《さくら》の花《はな》は
今《いま》もかも

松風《まつかぜ》速《はや》み
地《つち》に散《ち》るらむ　（厚見王　巻八の一四五八）

久米女郎《くめのいらつめ》が報《こた》へ贈《おく》る歌《うた》一首

世《よ》の中《なか》も
常《つね》にしあらねば
やどにある
桜《さくら》の花《はな》の
散《ち》れるころかも　（久米女郎　巻八の一四五九）

この二首は、少し冷めた関係になった男女の気持ちを表した歌。情熱的な歌だけではなく、このように少し冷めた関係になっている男女の歌も『万葉集』には多い。

まず、厚見王が久米女郎に歌を贈る。「やどにある」というのは久米女郎の家の庭にある、ということ。彼女の家の庭には桜があった。厚見王は、なんらかの理由で久米女郎の家に行けなかったのである。もし二人が現在、熱愛関係にあるのなら、桜の花を一緒に見たいと思うだろうから、何をおいても久米女郎の家に訪ねて行って、一緒に桜を見たことだろう。

しかし、二人の関係はすでに冷めてしまっていたのであった。久米女郎の家には厚見王は行かなかったようである。そこで厚見王は、久米女郎に対して、その断りの歌を贈らなければならなくなった。その断りの歌がこの歌である。

厚見王は弁解する。「あなたの家にある桜の花は、松の間を通ってくる風が速いので空しく土に散っていることでしょうね。行けないのが残念です。その松風にあおられた桜の花びらが散っている姿を二人で見られないのはまことに残念です」と。おそらく使者に託してこの歌を贈ったのであろう。

二人が熱愛関係にある時に、「この桜の花が咲いたら一緒に花見をしましょうね」という約束があったのであろう。あくまでも推測だが、そういう前提があって、この歌が詠まれているのだとわたしは考えている。

それに対して、久米女郎はどう答えたか。さて、久米女郎の返歌で重要なのは、「世の中も常にしあらねば」である。「人の世も定めなきものですからねえ、宿にある桜の花も散ってしまったこの頃です」と、歌を返している。その表現のそっけないこと。

人の世が定めなきものというのは、人の気持ちも移り変わるということである。おそらく久米女郎は厚見王に対して、「あなたの気持ちも変わったのではないですか。あなたの方が心変わりしたのではないですか、最近わたしの家に来てくれないのは……」と返しているわけである。つまり、久米女郎の歌には、「桜の花も散りますが、世の中というものも定めなきものです。あなたの気持ちだって変わらないというわけではありませんからね」という意趣返しになっているのである。

男が弁解をしたのはいいが、その返歌には、たっぷりとからしが塗られていたのである。

この歌にも熟しきった男と女の関係を感じる。

平成の時代、少し冷えた関係になったカップルはどのような会話を交わしているのだろうか。

あなたの家にある
桜の花は、
ちょうど今頃
松風が速いので……
土に散っているでしょうか？

人の世も定めなきもの——。
わたしの家の庭にある
桜の花は
もう散ってしまいました。

七　清新の、いのち

摂津《つのくに》にして作る（のうちの一首）

命《いのち》を
幸《さき》く良《よ》けむと
石走《いはばし》る
垂水《たるみ》の水《みづ》を
むすびて飲《の》みつ　（作者未詳　巻七の一一四二）

「命を」というのは自分の命のこと。「幸く良けむ」というのは、これから無事にということである。平安に旅ができますように、もちろん健康でありますようにという意味である。

「石走る」は、垂水にかかる枕詞。垂水は滝のこと。「むすぶ」というのは手を結ぶということで、手で水をすくう様子をいうのである。

滝の水をすくって飲むのは大変だ。手をかざしても、水ははじけ散ってしまう。水の勢いが強ければなおさらだ。そんな苦労をしながら水を口に運んで飲んでいる姿をこの歌からわたしは連想する。

手を結んで水を飲むというのは、それはまさに自分自身が生きているということの証である。水を手ですくって飲む、という行為は自分の健康を祈る呪術の一つではなかったか、とする万葉学者もいるくらいである。古代においては滝の持っている力、水の持っている力を自らが捉えて体の中に取り込むという行為が、宗教的な意味を持っていたのだろう。だから、わたしは山に行って滝を見つけたら、近寄って、手で水をすくって飲むことにしている。飲む時には自分の健康、家族の健康を祈る。

しかし、何よりもわたしはこの歌の清新なイメージが大好きだ。

命の
無事を祈って……
ほとばしる滝の水を、
手ですくってわたしは飲んだ――。

八　父母を憶《おも》う

忘《わす》らむて
野《の》行《ゆ》き山《やま》行《ゆ》き
我《われ》来《く》れど
我《わ》が父母《ちちはは》は
忘《わす》れせぬかも　（商長麻呂　巻二十の四三四四）

これも防人《さきもり》歌。作者は、商長《あきのをさの》首麻呂《おびとまろ》。ただし、この人がどういう人であったか皆目わからない。当該歌だけが、商長首麻呂なる人物の存在を伝える唯一の史料なのである。わかるのは商長首麻呂が駿河《するが》国からやって来たということだけである。駿河国から難波に向かう途中の野と山を詠んだ歌なのである。防人たちは、野を越え、山を越えはるばる難波までやって来て、集結。それから、海路筑紫に向かったのである。

兵役につくわけだから、いつまで経っても父母のことばかりを思って、めそめそとしているわけにはいかない。だから、忘れようとして、野原を通っている時には野原を眺め、山を通っている時には山を眺め、やって来たけれども、父母のことは忘れられないのである。だから、ひたすら歩くしかなかったのである。

しかし、恋しい人のことを忘れようと思っていろんなことをやったとしても、ますます恋しい人への思いはつのる。それが、人たるものの性《さが》というものである。

作者は、自分自身で何とか自分の気持ちに整理をつけていかなくてはならないと思いながらも、それを果すことができない。だから、ひたすら歩くしかなかったのである。

先の太平洋戦争の時に、多くの出征兵士が胸に秘めて旅立っていったのが防人歌なのである。その中でもとくに、この歌は多くの出征兵士が愛唱した歌であったと言われる。それは当然であろう。つまり、途中で学業を諦め、仕事を置いて、そして何よりも愛する家族を置いて、戦地へ赴くのである。そういった時に気持ちの整理を付けようと思うのは当たり前であろう。しかし、気持ちの整理などできるはずがない。だから、この歌に、戦争中、多くの人びとが共感したのである。

忘れようとして、
野原を眺め
山を眺め
わたしはやって来たけれども、

わが父母のことは……
忘れられない——。

第十章

奥山のあしびの花の今盛りなり

一　雪に願いを

我《わ》が背子《せこ》が
言愛《ことうるは》しみ
出《い》でて行《い》かば
裳引《もび》き著《しる》けむ
雪《ゆき》な降《ふ》りそね　（作者未詳　巻十の二三四三）

冬の日のデートについて歌った歌。

彼氏がやって来て、家の外で「わたし」の名を呼ぶ。女性の方は「ああ、わざわざやって来てくれたのかなあ。わたしのことを思って来てくれたんだなあ」と、その声をいとおしいものとして聞いたのであった。しかし、雪が降るなか、「裳《も》」すなわち現在のスカートをはいて家の外に出ると、雪の上に跡がついてしまう。

つまり、この歌は、雪の日にデートをすると裳の裾を引いた跡をみんなが見てしまう。だから降ってくれるな、と雪にお願いをしている歌なのである。何とも可愛らしい歌ではないか。

万葉の恋人たちが人の噂、人目というものを気にしていたことについては、縷々述べてきた。この場合は、雪の上につくスカートの跡で、二人が会ったかわかってしまうのでは……と気にしているのである。

そんなことは実際にはないだろうが、かく歌うところにこの歌の可愛らしさがある。可愛らしさを通り越しておかしみが込み上げてくる。

この歌の場合は雪の跡だが、「二の字二の字の下駄の跡」という歌のように、下駄の跡から、あそこの若い娘さんはどこどこに行ったのではないかと、村の人びとが噂をするというようなこともあったかもしれない。

会いに来た男の言葉をいとおしく感ずるのは、好きだからである。だから、今すぐ出てゆくことも考えられるが、ひょっとするとこういうことかもしれない。どこどこで待っているから来てくれと男は言って、立ち去って行った。そこで、その場所までスカートの裾をぞろびかせて行けば、当然、雪に跡が残ってしまう。どちらにしても二人が会っているということがみんなにわかってしまうことを恐れているのである。だから、雪よ降ってくれるな、なのである。

才覚のある若い少女漫画家に、この歌をモチーフに漫画を描いて欲しいと思う。

わたしのいい人の
言葉がいとおしいので、
うっかり出ていくと……
スカートの裾を引いて歩いた雪の跡が目立ってしまう。
雪よ降ってくれるな――。

二　待つ、眼

我《わ》が背子《せこ》を
今《いま》か今《いま》かと
出《い》で見《み》れば
沫雪降《あわゆきふ》れり
庭《には》もほどろに　（作者未詳　巻十の二三二三）

雪の日に、夫ないし恋人を待つ歌。今日は、わたしのいい人が来る日。一日、今か今かと待っていたが、ついに我慢ができなくなってしまい、外に出ていってしまった。するると、淡雪が庭にうっすらと……。期待していたのは恋人だったが、目にしたのは淡雪だった。

恋人がやって来るのではないかと思って、戸口まで駆けだしてみて、見たものは雪だったということであれば、この歌は落胆の歌ということになる。恋人は発見できなかったが、雪を発見することができた。人を待っている人間というものはひじょうに繊細な神経を持つ。待つということに自分の神経を集中させるからである。

わたしはこの歌を読むと必ず、額田王の歌のことを思い出す。「君待《きみま》つと　我《あ》が恋《こ》ひ居《を》れば　我《わ》が屋戸《やど》の　簾《すだれ》動《うご》かし　秋《あき》の風《かぜ》吹《ふ》く」（巻四の四八八）という歌である。「あなたを待つと、わたしが恋い慕っていると、わたしの家の戸の簾を動かす秋の風が吹いている。そこにはただ風が吹いているだけで、天智天皇は来なかった。恋人は来なかった。わたしの良い人は来なかった……」というあの名歌である。

つまり、待っていると周りの様子に対して細やかな神経を持つようになる。だから、微妙な風を感じることもできるし、ふっと外に出てみた時にうっすらと雪が降り積もっている景色を目の当たりにして、こういう歌もできるのである。

まさにこれこそ、待つ女の世界から生まれた自然を見る眼といえるだろう。待つ女の歌の世界というのは、このように細やかに自然を見る歌の世界なのである。

わたしのいい人を
今か今かと待って、
出てみると……
沫雪が降っていた。
庭にもうっすらと。

三　心のわだかまりを……

八代女王《やしろのおほきみ》、天皇《てんわう》に献《たてまつ》る歌《うた》一首

君《きみ》により
言《こと》の繁《しげ》きを
故郷《ふるさと》の
明日香《あすか》の川《かは》に
みそぎしに行《ゆ》く　（八代女王　巻四の六二六）

八代女王という女性の歌。題詞に天皇に献る歌とあり、聖武天皇に献られた歌である。「君により」はこの場合天皇によりということ。「言」というのは、この歌の場合人の噂と考えることができる。明日香に都があり、藤原に都が遷り、平城京に都が遷ったという遷都の歴史があるので、「故郷」といえば明日香と藤原地域を指すという原則が万葉の時代にはあった。「みそぎ」というのは水をかぶって自らの汚れというようなものを除き去る行為。この場合は、心のわだかまりを取り除こうとしたのであろう。

いちばん人の噂になりやすいのは、恋の噂。恋の噂はお茶を美味しくするので、やんやんやとはやし立てる。「もう、そんなことで思いわずらうのが嫌になった。故郷の明日香の川で、水をかぶってさっぱりしたい」と言っているのである。

とくに天皇から愛されることは、人の噂になりやすい。なぜかというと、妬みの種になるからである。そういった妬みの気持ちを持たれた女性が、遠く離れた故郷の明日香の川に行ってみそぎをしたいという気持ちはわかるような気がする。『源氏物語』の桐壺の更衣は、この妬みによって、病気になったほどである。

実は、この歌にはもう一つのバージョンがあったようである。それは一つの替え歌で、後半が「竜田越え三津の浜辺にみそぎしに行く」と歌われたものであった。難波の三津は、現在の大阪市の住吉やその付近の港のこと。このバージョンでは、竜田越えをして、難波の三津までみそぎをしに行くと歌われていたのである。

どちらにせよ、都から遠く離れたところに行ってみそぎをしたい、ということには変わりがない。その一つが古い都である明日香、その一つがそこから多くの船が出航し、異国へつながる地難波の三津だったわけである。どちらもみそぎにはふさわしい場所と考えられていたのであろう。

この歌を読むと、噂を気にして、それを吹っ切ろうとしてみそぎをする八代女王のことを思い起す。たぶん美貌の人だったろうと。

天皇のために、
人の噂が激しいので……
故郷の明日香の川に
みそぎをしにゆく！

四　千年の逢瀬

日《ひ》並《なら》べば
人知《ひとし》りぬべし
今日《けふ》の日《ひ》は
千年《ちとせ》のごとも
ありこせぬかも　（作者未詳　巻十一の二三八七）

「日並べば」というのは幾日も日数を重ねて会っていけば、ということ。この場合にはそういうことが言外に表現されていると見なければならない。

毎日毎日会っていれば、当然誰かが見る。そうすると、あの人とあの人は会ってたわよ、というような噂が立ち、別の人も気にかけて見る。別の人がまたそれを見、噂が噂を呼ぶことになる。そうやって噂が野焼の炎のごとく広がってゆく。

だから、何日も何日も会うというようなことはさけたい。何回もデートを重ねていると人の噂になるから、一回だけ。しかし、その一回のデートの時間は千年間続いたらよいのに……。そうすれば噂になることはない、と作者は言っているのである。

確かに、人の口には戸は立てられない。人の噂というものは放っておくしかない。何とかそれを防ぐ方法はないかと考えれば、今日のデートが千年間続けば、人の噂にはならないわけである。自分の都合で時間を自由にすることができたら、なんと素敵な人生を送ることができるだろう。
しかし、そうはいかない。毎日、毎日会うことになってしまう。恋と噂と時間、それは人のままならぬものである。

幾日も日数を重ねて会っていけば、
人が知ってしまう……。
今日という日一日の時間が
千年も
長くあってくれればよいのだが⁉

五　酒杯に月を浮かべて

春日《かすが》なる
三笠《みかさ》の山《やま》に
月《つき》の舟出《ふねい》づ

みやびをの
飲《の》む酒坏《さかづき》に
影《かげ》に見《み》えつつ　（作者未詳　巻七の一二九五）

「春日なる」は春日にあるの意。ここでいう「三笠の山」というのは、春日にある山の一つで独立峰のように西からは見える。現在は、「御蓋山」と書く。「みやびを」というのは都風の立ち居振る舞いを身に付けた男ということで、都会風のおしゃれな男のこと。

この歌は、月の出を待って宴会をしている人たちの歌と考えられる。そして、三笠の山に月が出たら、酒杯に月を浮かべ、これは月の舟だと言いながらお酒を飲み干したのであろう。なかなか風流な宴会だ。

こういう話をすると、京都に住んでいる人ならすぐこう言う。「ああ、奈良時代のお人も、大文字さんと同じようなことをやらはったんかいなあ」と。それはどういうことかというと、京都の夏の終わりの風物詩、大文字焼きでは、この大という字を酒杯に浮かべて飲むと無病息災でいられるという言い伝えがあるのである。

この歌の場合には月を杯に浮かべるのだが、大文字の送り火を杯に浮かべることが、現在も行われているわけである。

さすが、京都人の風流である。実際には杯の中に浮かべるのは難しいが、ここに風流の心があるというものである。

奈良に泊まられた節には、是非ともこの歌を思い出しながら、三笠の山から上る月を眺めていただきたいと思う。その時には、『古今和歌集』に収載されている阿倍仲麻呂の「天のはら　ふりさけ見れば　春日なる　三笠の山に　出でし月かも」という歌も思い出して欲しい。春日や三笠は平城京から見て東だから、月の出を待つ山ということになるわけである。

奈良では古典を肴に酒を飲めるのである。

春日にある
三笠の山に、
月の舟が出た……。
みやびをが
飲む酒杯に
その影を映しながら。

六　真珠の、葛藤

十年戊寅《じゆうねんぼいん》、元興寺《ぐわんごうじ》の僧《そう》の自《みづか》ら嘆《なげ》く歌《うた》一首

白玉《しらたま》は
人《ひと》に知《し》らえず
知《し》らずともよし
知《し》らずとも
我《あれ》し知《し》れらば
知《し》らずともよし　（作者未詳　巻六の一〇一八）

右《みぎ》の一首《いつしゆ》、或《ある》は云《い》はく、元興寺《ぐわんごうじ》の僧《そう》、独覚《どくかく》して智多《さとりおほ》し、未《いま》だ顕聞《けんぶん》あらねば、衆諸狎侮《もろひとあなづ》る。
これに因《よ》りて、僧《そう》この歌《うた》を作《つく》り、自《みづか》ら身《み》の才《ざえ》を嘆《なげ》く、といふ。

この「十年」というのは天平十年、七三八年のこと。この年に元興寺の僧が自分で自分のことを嘆く歌を作ったのである。「白玉」は、現在の真珠。つまり、この僧は、自分の才能というものが真珠のようなものだと言っているわけである。

さて、歌った時の状況が、左注に表れているので、そちらの解説をはじめにしよう。つまり、この僧は、一生懸命勉強して悟りを開いたのだけれども、周りの人は認めてくれない。だから自分の才能というものを嘆いてこの歌を作ったというのである。

だから、この僧はこう歌ったのである。ほんとうの真珠の素晴らしさというものは人にわかるものではない。人にわからなくても、真珠のような自分の才能というものは、自分さえ知っていればよい、と歌ったのである。

もともと真珠というものは貝の中にある。そして、その貝は奥深く、海の底にある。それを人が潜り海底から拾い上げなければ、真珠の価値というものが世の中に示されるということはない。だから、真珠の多くは、貝の中に埋もれたまま、人に見出されることがなく、朽ち果ててゆく。つまり、人に見出されない真珠というものも多いのである。したがって、自分の才能というようなものもそれと同じで、人に知られていないだけであって、その素晴らしさは自分だけが知っている。

さて、この歌を読んだ時に、表と裏のある歌だと思った。作者の僧はほんとうに自分の才能を知られなくてもよい、と思っていたのだろうか。素直に取れば、この人は人に知られなくてもよいのだ、あきらめていたと解釈することができる。

しかし、反対の解釈もできる。人に知られなくてもよいのだ、と歌にしてみんなの前で歌ったということは、ほんとうは自分の才能を多くの人びとに認めてもらいたかったのではないか……という疑念も生じるのである。

どちらかはわからないが、わたしは案外答えはその中間にあるような気がする。嘘から出た真《まこと》という言葉があるが、自分では自分の才能は自分だけがわかっていればいいのだと言い聞かせているのだが、それがふっとした時に裏返しに表現されることもあるのではないか。

ある人から、こういう話を聞いたことがある。「骨董品を持っている人は、半ば矛盾を抱えているような人種なんですよ。骨董品を大切に、大切にして、人には見せたくない、自分だけの宝として大切に大切にしていきたいという気持ちが一方では強く働くのだが……。しかし、自分だけが秘蔵していれば、その骨董品の良さをみんなが知ることはない。そうすると反対に自分の持っている骨董品をみんなに見せたいという欲求に駆られることもあるそうです。つまり、隠したいという感情と見せたいという感情が交錯するわけです」という話である。

つまり、宝物を持っている人は、独り占めしたいという意識と、その宝物をみんなに見せて誉めてもらいたいという意識が半ば相矛盾して、一つの心の中にあるということらしい。

元興寺の僧はそのような相矛盾する気持ちを、自分の胸のうちに抱え込みながら、何かの拍子にやはり自分の才能というものをみんなに知ってもらいたいのだ、という気持ちになったのではなかろうか。その時、口をついて出たのがこの歌だとわたしは思う。

元興寺は、奈良町《ならまち》すなわち旧市街地の中にひっそりとあるお寺である。それは世界遺産に指定されても変わらない。奈良来訪の折には、元興寺に本書を携えて来てもらいたい、と思う。そして、見て欲しいものが二つある。

一つは元興寺の屋根の瓦。この瓦の中に赤茶けたものがある。それは明日香の飛鳥寺から運んできた瓦である。つまり、明日香から、平城京へ移転される時に、お寺も移転されたが、その時に明日香からわざわざ瓦も運んできたのである。飛鳥時代に、明日香の都で焼かれた瓦が、ここ奈良で現役で活躍しているのである。

もう一つは、この歌の歌碑。歌碑はわざと目立たないように低く作ってある。だから、探さないと見つからない。けれども、それはこの歌の趣旨にかなった歌碑の建て方である。つまり、目立たないけれども、わかる人にはわかるという歌碑なのである。

真珠の
真価というものは、
人に知られなくてもよい。
知られなくても
わたしさえ知っていたなら……、

知られなくてもよい！
（自分さえ知っていれば――。）

七　密かに

我《わ》が背子《せこ》に
我《あ》が恋《こ》ふらくは
奥山《おくやま》の
あしびの花《はな》の
今盛《いまさか》りなり　（作者未詳　巻十の一九〇三）

あしびの花は、奈良の春を代表するスズラン状に小さいつぼみを付けて咲く花。この花が集まって咲くと、その周りは真っ白になる。一つ一つの花は小さな花なのだが、それが集まると真っ白な壁を作るのである。ちょうど五月の連休に春日大社の奥山を歩いていて、あしびのトンネルに出くわしたことがある。

さて、この歌の奥山は、どこの奥の山かということはわからない。奥山のあしびの花というのは、里のあしびの花とは違って、多くの人に見られることはない。だから、奥山のあしびの花というのは、知る人ぞ知るものなのである。胸のうちに秘められてはいるもの、わたしの恋心は今真っ盛りと作者は歌っているのである。

小さなものが寄り集まって大きな美しさを作るあしびの花。しかも、あしびの花というのは花が咲いている期間がたいそう長い。つまり、小さな花ではあるけれども咲き続けるあしびの花。このあたりに、あしびの花言葉の意味がありそうである。

恋心、それは時として燃え上がる炎のようなものでもあって欲しい。しかし、小さな可憐な花がたくさんつぼみをつけるあしびの花のように、密かに心のうちで思い続けられるということも、無上の喜びである。男としてはその冥利に尽きるといっても過言ではない。

わたしのよい人に
わたしが恋する心は……
奥山の
あしびの花のように
今や真っ盛りです！

八　「吉事！」

三年春正月一日《さんねんはるしようがつついたち》に、因幡国《いなばのくに》の庁《ちやう》にして　饗《あへ》を国郡《こくぐん》の司等《つかさら》に賜《たま》ふ宴《えん》の歌《うた》一首

新《あら》しき
年《とし》の初《はじ》めの
初春《はつはる》の
今日《けふ》降《ふ》る雪《ゆき》の
いやしけ吉事《よごと》　（大伴家持　巻二十の四五一六）

『万葉集』のいちばん最後の歌。四千五百首あまりある『万葉集』のいちばん最後の歌は、編者と目される大伴家持の歌で終わっているのである。

淳仁天皇の天平宝字《てんぴようほうじ》三年、すなわち七五九年の歌で、時に家持四十二歳。この正月一日に因幡の国庁に、国や郡の役人たちを集めて宴をした。その宴の折に家持は、このような歌を詠んだのである。もちろん、宴といっても公的な行事である。

「新《あら》しき」は、新しいという意味。「しけ」は、重なれということ。「吉事」は良いことを

いう。

新年に降る雪は良い兆し、吉兆である。だから、この年は良い年になって欲しいという願いが込められているのである。「だってスタートがいいじゃないですか。まさにお正月から雪が降っていますからね。お正月の雪が良い兆しであるから、だから、どんどん良いことが続いていってくれよ」という役人たちの言葉が聞こえてきそうな歌である。

ということは、この歌はその年を祝福する歌なのである。天平宝字三年という年を祝福している歌なのである。ならばこういう歌を最後に据えるということにどのような意味があるのか。手紙でもそうだが文の書き出しと終わりには、たいそう気を使うものである。書き出しが上手くいかないと何か全体が上手くいかないような気がするし、書き終わりが上手くいかないと何か全体が上手くいかなかったような気がする。

おもしろいのは年のはじめの歌が、『万葉集』の終わりの歌であるということである。そこには、『万葉集』全体を祝福するという意味が込められているのである。終わり良ければ全て良しで、家持は最後におめでたい歌を据えて、この歌集がずっと続いていきますように、この歌集がみんなに読み継がれていきますようにと、『万葉集』を祝福しているのである。

さらに家持の気持ちを代弁すると、『万葉集』が読み継がれていきますようにということだけではなく、日本の和歌が日本人によってずっと歌い継がれていきますように、という祝福の意味もあるのではないか。

「わたしたちは和歌の伝統を、ある部分についてはこのように作り、ある部分についてはこのように守った。だから、その遺産を引き継いで、さらには和歌の新しい世界を開拓しながら、永遠に和歌を歌い継いで欲しい」という気持ちを、家持は表現したのではないか。つまり、当該歌は良き年、良き歌集、良き和歌の伝統を祝福する歌なのである。

　そういう意味で、この歌は祝福の歌であるということができる。だから、わたしはよく新年会などで乾杯の音頭を任せられた時にはこの歌の話を少し短くして、最後に乾杯の時に、こう声をかける……「いや重《し》け！」と。するとみんなは「吉事！」と答えて乾杯するのである。

　今家持がどんな思いで、平成の万葉学者の乾杯の声を聞いているか、聞いてみたい。

新しい
年のはじまりの
初春の
今日降る雪のように……
良い事が重なれよ——。

あとがき

この文庫本の元は、『みんなの万葉集——響きあう「こころ」と「ことば」』（PHP研究所、二〇〇二年）という本なのだが、そのあとがきに、私はこんなことを書いた。

＊

〈高いびきで寝ていた早朝五時、けたたましく玄関のベルがなった。飛び起きると、あろうことか、寝室に若い郵便配達員が立っているではないか。それも土足で。当然、わたしは烈火のごとく怒った。そして、持っていた手紙を奪い取るようにして、配達員を家の外に追い出したのは、言うまでもない。なんと人騒がせな。見ると、研究者仲間のNからの速達便である。眠い眼をこすって、開封すると以下のような檄文《げきぶん》が入っていた。「上野君に忠告する、急ぎ出版を中止せよ。今度PHP研究所からでる『みんなの万葉集』は、天下の悪書なり」と書いてある。Nといえば、一番の友人。どうして、その彼が……。この手紙には、出版を中止すべき理由が、以下箇条書きしてあった。

一、『みんなの万葉集』のような本は研究者が書くべき本ではない。研究者が啓蒙書を書くなど言語道断。研究者が書くべきは論文であって、わかりやすい本ではない。

一、さらに、その文章が軽薄そのものである。研究者たるもの難解であったとしても、重厚な文体を用いなければならない。『万葉集』は高尚なものである。それを汚した罪は重い。

一、作品の背後にある状況を推定し、それを現代の事柄に置き換えて、万葉歌を解説するのは安易な古典の読み方である。文法を徹底的にマスターし、血のにじむような努力をせよとなぜ書かないのか。それが、許せない。

とここまで読んだところで、わたしは張り裂けんばかりの声で、ある言葉を叫んだ。と同時に、寝台から転げ落ちたのであった。全ては、夢だったのである。よかった、よかった。〉

＊

元本の企画は、PHP研究所学芸出版部の川上達史さんとの出会いを縁としてはじまったものである。川上さんとの初対面は、今春東京で行われたとある講演会でのこと。そして、講演会終了後、さっそく講師控室に訪ねて来てくださったのである。名刺交換が終わるやいなや……「先生、楽しくてわかりやすい万葉の本を書いてください」とストレートなお言葉。もちろん、驚きはしたが、不快には思わなかった。それは、川上さんのひたむきな言葉が胸を打ったからである。本づくりというのは、ほんとうに縁のなせるワザである。そして、もう一つの良縁。それは長尾玲子さんとの出会いである。原稿整理の実務にあたられた長尾さんに、わたしはプロの仕事の仕方を学んだような気がする。

このたび、角川学芸出版により、十年を経て本書が蘇ったことは、まことに歓びにたえない。実務にあたられた宮山多可志、小島直人の両氏には、あらためてお礼を申し上げたい。二氏は里親ということになるか。

さて、わたしが夢のなかで叫んだ言葉とは何か。わたしはこう叫んだのである……「でも、楽しい方がいいじゃないか！」。

二〇一二年八月二日夜

パミーナ姫との恋を夢想する秘密の室にて

著者しるす

本書は二〇〇二年九月、ＰＨＰ研究所より刊行された単行本『みんなの万葉集　響きあう「こころ」と「ことば」』を改題の上、文庫化したものです。

はじめて楽《たの》しむ万葉集《まんようしゅう》

上野《うえの》 誠《まこと》

平成24年 9月25日　初版発行
令和7年 10月10日　17版発行

発行者●山下直久

発行●株式会社KADOKAWA
〒102-8177　東京都千代田区富士見2-13-3
電話　0570-002-301（ナビダイヤル）

角川文庫 17608

印刷所●株式会社KADOKAWA
製本所●株式会社KADOKAWA

表紙画●和田三造

●お問い合わせ
https://www.kadokawa.co.jp/（「お問い合わせ」へお進みください）
※内容によっては、お答えできない場合があります。
※サポートは日本国内のみとさせていただきます。
※Japanese text only

ISBN978-4-04-405405-2　C0192

◆◇◇

角川文庫発刊に際して

角川源義

第二次世界大戦の敗北は、軍事力の敗北であった以上に、私たちの若い文化力の敗退であった。私たちの文化が戦争に対して如何に無力であり、単なるあだ花に過ぎなかったかを、私たちは身を以て体験し痛感した。西洋近代文化の摂取にとって、明治以後八十年の歳月は決して短かすぎたとは言えない。にもかかわらず、近代文化の伝統を確立し、自由な批判と柔軟な良識に富む文化層として自らを形成することに私たちは失敗して来た。そしてこれは、各層への文化の普及滲透を任務とする出版人の責任でもあった。

一九四五年以来、私たちは再び振出しに戻り、第一歩から踏み出すことを余儀なくされた。これは大きな不幸ではあるが、反面、これまでの混沌・未熟・歪曲の中にあった我が国の文化に秩序と確たる基礎を齎らすためには絶好の機会でもある。角川書店は、このような祖国の文化的危機にあたり、微力をも顧みず再建の礎石たるべき抱負と決意とをもって出発したが、ここに創立以来の念願を果すべく角川文庫を発刊する。これまで刊行されたあらゆる全集叢書文庫類の長所と短所とを検討し、古今東西の不朽の典籍を、良心的編集のもとに、廉価に、そして書架にふさわしい美本として、多くのひとびとに提供しようとする。しかし私たちは徒らに百科全書的な知識のジレッタントを作ることを目的とせず、あくまで祖国の文化に秩序と再建への道を示し、この文庫を角川書店の栄ある事業として、今後永久に継続発展せしめ、学芸と教養との殿堂として大成せんことを期したい。多くの読書子の愛情ある忠言と支持とによって、この希望と抱負とを完遂せしめられんことを願う。

一九四九年五月三日

角川ソフィア文庫ベストセラー

ビギナーズ・クラシックス 日本の古典
枕草子
清少納言
編／角川書店

一条天皇の中宮定子の後宮を中心とした華やかな宮廷生活の体験を生き生きと綴った王朝文学を代表する珠玉の随筆集から、有名章段をピックアップ。優れた感性と機知に富んだ文章が平易に味わえる一冊。

ビギナーズ・クラシックス 日本の古典
おくのほそ道（全）
松尾芭蕉
編／角川書店

俳聖芭蕉の最も著名な紀行文、奥羽・北陸の旅日記を全文掲載。ふりがな付きの現代語訳と原文で朗読にも最適。コラムや地図・写真も豊富で携帯にも便利。風雅の誠を求める旅と昇華された俳句の世界への招待。

ビギナーズ・クラシックス 日本の古典
竹取物語（全）
編／角川書店

五人の求婚者に難題を出して破滅させ、天皇の求婚にも応じない。月の世界から来た美しいかぐや姫は、じつは悪女だった？　誰もが読んだことのある日本最古の物語の全貌が、わかりやすく手軽に楽しめる！

ビギナーズ・クラシックス 日本の古典
平家物語
編／角川書店

一二世紀末、貴族社会から武家社会へと歴史が大転換する中で、運命に翻弄される平家一門の盛衰を、叙事詩的に描いた一大戦記。源平争乱における事件や時間の流れが簡潔に把握できるダイジェスト版。

ビギナーズ・クラシックス 日本の古典
源氏物語
紫式部
編／角川書店

日本古典文学の最高傑作である世界第一級の恋愛大長編『源氏物語』全五四巻が、古文初心者でもまるごとわかる！　巻毎のあらすじと、名場面はふりがな付きの原文と現代語訳両方で楽しめるダイジェスト版。

角川ソフィア文庫ベストセラー

万葉集
ビギナーズ・クラシックス 日本の古典
編／角川書店

日本最古の歌集から名歌約一四〇首を厳選。恋の歌、家族や友人を想う歌、死を悼む歌。天皇や宮廷歌人をはじめ、名もなき多くの人々が詠んだ素朴で力強い歌の数々を丁寧に解説。万葉人の喜怒哀楽を味わう。

蜻蛉日記
ビギナーズ・クラシックス 日本の古典
右大将道綱母
編／角川書店

美貌と和歌の才能に恵まれ、藤原兼家という出世街道まっしぐらな夫をもちながら、蜻蛉のようにはかない自らの身の上を嘆く、二一年間の記録。有名章段を味わいながら、真摯に生きた一女性の真情に迫る。

徒然草
ビギナーズ・クラシックス 日本の古典
吉田兼好
編／角川書店

日本の中世を代表する知の巨人・吉田兼好。その無常観とたゆみない求道精神に貫かれた名随筆集から、兼好の人となりや当時の人々のエピソードが味わえる代表的な章段を選び抜いた最良の徒然草入門。

今昔物語集
ビギナーズ・クラシックス 日本の古典
編／角川書店

インド・中国から日本各地に至る、広大な世界のあらゆる階層の人々のバラエティーに富んだ日本最大の説話集。特に著名な話を選りすぐり、現実的で躍動感あふれる古文が現代語訳とともに楽しめる！

古事記
ビギナーズ・クラシックス 日本の古典
編／角川書店

天皇家の系譜と王権の由来を記した、我が国最古の歴史書。国生み神話や倭建命の英雄譚ほか著名なシーンが、ふりがな付きの原文と現代語訳で味わえる。図版やコラムも豊富に収録。初心者にも最適な入門書。

角川ソフィア文庫ベストセラー

ビギナーズ・クラシックス 日本の古典
伊勢物語
編／坂口由美子

雅な和歌とともに語られる「昔男」（在原業平）の一代記。垣間見から始まった初恋、天皇の女御となる女性との恋、白髪の老女との契り――。全一二五段から代表的な短編を選び、注釈やコラムも楽しめる。

ビギナーズ・クラシックス 日本の古典
大鏡
編／武田友宏

老爺二人が若侍相手に語る、道長の栄華に至るまでの藤原氏一七六年間の歴史物語。華やかな王朝の裏の権力闘争の実態や、都人たちの興味津津の話題が満載。『枕草子』『源氏物語』への理解も深まる最適な入門書。

ビギナーズ・クラシックス 日本の古典
堤中納言物語
編／坂口由美子

気味の悪い虫を好む姫君を描く「虫めづる姫君」をはじめ、今ではほとんど残っていない平安末期から鎌倉時代の一〇編を収録した短編集。滑稽な話やしみじみした話を織り交ぜながら人生の一こまを鮮やかに描く。

新版
落窪物語（上、下）
現代語訳付き
訳注／室城秀之

『源氏物語』に先立つ、笑いの要素が多い、継子いじめの長編物語。母の死後、継母にこき使われていた女君。その女君に深い愛情を抱くようになった少将道頼は、継母のもとから女君を救出し復讐を誓う――。

ビギナーズ・クラシックス 日本の古典
うつほ物語
編／室城秀之

異国の不思議な体験や琴の伝授にかかわる奇瑞などの浪漫的要素と、源氏・藤原氏両家の皇位継承をめぐる対立を絡めながら語られる。スケールが大きく全体像が見えにくかった物語を、初めてわかりやすく説く。

角川ソフィア文庫ベストセラー

土佐日記 現代語訳付き
紀　貫之
訳注／三谷榮一

紀貫之が承平四年一二月に任国土佐を出港し、翌年二月京に戻るまでの旅日記。女性の筆に擬した仮名文学の先駆作品であり、当時の交通や民間信仰の資料としても貴重。底本は自筆本を最もよく伝える青谿書屋本。

堤中納言物語 現代語訳付き
訳注／山岸徳平

「花桜折る少将」ほか一〇編からなる世界最古の短編小説集。同時代の宮廷女流文学には見られない特異な人間像を、尖鋭な笑いと皮肉をまじえて描く。各編初めに、あらすじ・作者・年代・成立事情・題名を解説。

源氏物語（全十巻） 現代語訳付き
紫　式　部
訳注／玉上琢彌

一一世紀初頭に世界文学史上の奇跡として生まれ、後世の文化全般に大きな影響を与えた一大長編。寵愛の皇子でありながら、臣下となった光源氏の栄光と苦悩の晩年、その子・薫の世代の物語に分けられる。

新版 枕草子（上、下） 現代語訳付き
清少納言
訳注／石田穣二

約三〇〇段からなる随筆文学。『源氏物語』が王朝の夢幻であるとすれば、『枕草子』はその実相であるといえる。中宮定子をめぐる後宮世界に注がれる目はいつも鋭く冴え、華やかな公卿文化を正確に描き出す。

大鏡
校注／佐藤謙三

一九〇歳と一八〇歳の老爺二人が、藤原道長の栄華にいたる天皇一四代の一七六年間を、若侍相手に問答体形式で叙述・評論した平安後期の歴史物語。人名・地名・語句索引のほか、帝王・源氏、藤原氏略系図付き。